Petruta Ritter

Im Schatten des Glücks

Roswitha

Für deine Freundschaft
Für deine Hilfsbereitschaft
Für deine Pünktlichkeit
Für deine Hochherzigkeit
Und für vieles mehr
Ich danke dir sehr.

Du bist für mein Leben ein Gewinn
Und hattest nur Eines im Sinn
Ohne zu zögern du machtest mir Mut
„schreib weiter, die Muse meint es mit dir gut"
Es ist so, als mir der Himmel dich sandte
Du standest mir stets Lob spendend zur Seite
Für die unzähligen fruchtbaren Stunden
Bleibe ich dir in Freundschaft verbunden.

Dass du auch Tierschützerin bist,
möcht ich präzisieren
Rund um dich weilt ein Rudel von Tieren
Das Tierheim Altmünster musterhaft wird geführt
Deine Pflichten verantwortungsvoll werden erfüllt
Auch diese Verdienste möchte ich hervorheben
Das gütige Wesen haben dir die Götter gegeben
Das Mitleidsgefühl haben sie dir ins Herz geritzt
Veredelt der Mensch, der dieses besitzt.

Impressum
Copyright Petruta Ritter 2013
Bildnachweis: fotolia-Malgorzata Kistryn
Lektorat und Satz: Neuautorenverlag, 91541 Rothenburg

ISBN 9783732243655
Herstellung und Verlag:
BoD - Books on Demand,
Norderstedt

Anica wurde endlich schwanger. Es schien so, als würde ihr sehnlichster Wunsch, ein Kind zu bekommen, in einigen Monaten in Erfüllung zu gehen. Auch ihr Mann Filoti freute sich sehr darüber und vor lauter Freude spendete er seinen Kumpels fast jedes Wochenende eine „Runde" in der Dorfkneipe. Filoti war die Gutmütigkeit in Person. Er machte manchmal den Eindruck, geistig zurück geblieben zu sein, was dazu führte, dass er von manchen Dorfbewohnern nicht ernst genommen wurde, ja, er wurde sogar verspottet. „Du Trottel, wer hat denn mitgeholfen, dass deine Frau schwanger wurde?" Er verteidigte sich kaum und somit gab er dieser üblen Nachrede keine weitere Nahrung. Manche sprachen ihm mit Honig auf der Zunge an, damit erreichten sie, dass Filoti locker noch einen weiteren Schnaps spendierte. Er hatte keinen fixen Beruf, so wie viele andere auch in dem Dorf, sein Geld verdiente er mit Gelegenheitsarbeit, während seine Frau mit Gemüseanbau dazu beitrug, dass das Haushaltsbudget etwas aufgebessert wurde. Sie heirateten vor sieben Jahren, als sie noch sehr jung waren; Anica war gerade achtzehn Jahre und er zwanzig Jahre alt. Sie erbte von ihren Eltern ein großes Grundstück, das mitten im Dorf stand, wo sie gemeinsam mit Filoti aus Lehmziegeln (eine übliche Bauweise im Dorf) ein kleines Häuschen baute. Das Haus bestand aus einem länglichen Vorzimmer, zwei zusätzlichen Zimmern (ein Schlaf-, ein Wohn- und ein Herzeigezimmer). Heute würde man sagen, dass es ein Gästezimmer war. Eine kleine Küche vervollständigte den gesamten Bau. Badezimmer existierten nicht im Bewusstsein der Menschen dort im Dorf. Jeden Samstag war sozusagen ein „Waschtag"; ein großes Blechgefäß, zirka fünfzehn Liter, wurde mit Wasser gefüllt, das auf einem Herd heiß gemacht wurde. Das heiße Wasser leerte man in

ein Waschlavour, dazu kam soviel kaltes Wasser, bis die Waschtemperatur erreicht wurde. Die hausgemachte Seife, die sowohl für die Wäsche als auch für die Körperpflege herhalten musste, existierte in jedem Haushalt. Im Winter trug man Schnee in Blecheimern in das Haus und durch die Holzofenhitze brachte man den Schnee zum Schmelzen. Diese etwas mühevolle Methode war trotzdem beliebt, denn das Schneewasser war besonders weich und eignete sich speziell für die Haarwäsche.
Die Nachricht, dass Anica schwanger war, galt als Thema Nummer Eins im Dorf. Sieben Jahre lang verheiratet zu sein und noch kein Kind zu bekommen, beschäftigten die Fantasien der Frauen im Dorf – wer trug Schuld daran? Er oder sie? Und warum? Es wurde viel gemunkelt, offen oder unter vorgehaltener Hand und jede hatte eine diesbezüglich eine andere Theorie. War es Unfruchtbarkeit, Krankheit, Fluch und so weiter? Als Anica doch schwanger wurde, nahm der Dorftratsch eine andere Richtung ein. Die Schwangerschaft konnte man sich nicht anders erklären, als das Resultat des Konsums vieler Zaubergetränke einer Hexenmeisterin aus dem benachbarten Dorf, welche die Kunst des Zaubers angeblich sehr gut beherrschte. Ungeachtet dessen, das Ehepaar war überglücklich und sie konnten es kaum erwarten, Eltern zu werden.
Anica war eine kräftig gebaute Frau. Recht groß, dunkelhaarig, ein unweibliches Gesicht, jedoch voller Sanftheit. Zwei Monate vor der Geburt ihres Kindes lag sie meistens im Haus oder auch manchmal draußen auf der schmalen Hausbank, die nicht gerade bequem war. Sie hatte einige Male rätselhafte Blutungen, die zwar aufhörten, doch die Angst, das ungeborene Kind verlieren zu können, zwang sie zur absoluten Bettruhe. Da gerade Sommerzeit war – Juli 1953 – musste ihr Mann den Garten für sie betreuen. Er erledigte nur das Notwendigste, da er vom Gemüseanbau nicht viel verstand. In dieser Zeit half manchmal auch Anicas Cousine bei der Gartenarbeit, denn

die Gemüseernte war eine wichtige Einkommensquelle der jungen Familie.

Die Sommerzeit mit ihren langen, warmen Tagen näherte sich langsam dem Herbst zu. Es war Mitte September. Das Licht der Sonne in den vielen Bäumen, die Anicas Garten umzäunten, wurden mit jeden Tag etwas schwächer, das Grün der Blätter bekamen unaufhaltsam die sanften vielfarbigen Töne des Herbstes und die Luft roch angenehm nach reifen Früchten. Der wolkenlose Himmel schien öfters am Horizont über seiner makellosen blauen Farbe einen milchigen Schleier zu tragen. Die Regenzeit hielt sich geduldig und zuverlässig zurück, so lange bis die Felderte in die sicheren Speicher gebracht worden waren. Eine segensreiche Zeit im wahrsten Sinne des Wortes für Anica und Filoti. Die Geburt wurde Ende September erwartet und obwohl Anicas Blutungen aufhörten, war ihr Zustand labil, sie fühlte sich schwach, so dass ihr die bevorstehende Geburt Angst machte. Alle Kinder, vor allem in den ländlichen Gebieten, wurden unter Aufsicht einer Dorfhebamme zuhause auf die Welt gebracht. Oft genug gab es bei der Geburt Komplikationen, sowohl für das Neugeborene als auch für die Mutter – doch das Schicksal der beiden lag in den Händen der Hebamme, die eigentlich keine medizinische Ausbildung hatte. Die gebärenden Frauen waren auf ihre Erfahrung und auf ihre „Zaubereien" angewiesen. Krankenhäuser befanden sich nur in Großstädten und auch nur mit begrenzten Kapazitäten. Für die Frauen, die in den Dörfern lebten, war es nicht üblich, im Krankenhaus ihre Kinder zu gebären.

Filoti wurde jeden Tag nervöser und obwohl er kein besonders religiöser Mann war, ging er in der letzten Zeit sogar in die Kirche, um Hilfe für seine Frau und sein Kind von Gott zu erbeten. Am 28. September nach Mitternacht setzten Anicas Wehen ein. Filoti, der die ganze Nacht wach blieb, holte unverzüglich die Hebamme. Sie wohnte einige hundert Meter von seinem Haus entfernt und für sie war es

nicht außergewöhnlich um zwei Uhr morgens abgeholt zu werden, weil wieder eine Geburt bevorstand. Für ihre Arbeit wurde sie meistens mit Naturalien belohnt, denn Geld hatten sie alle miteinander nicht viel. Sogar verschiedene Waren aus dem kleinen Dorfladen wie Eier und Getreide wurden gegen Bauernprodukte getauscht.
Der Hofhund der Hebamme, der laut bellend sein Revier verteidigte, holte die Hebamme aus dem besten Schlaf heraus. Sie wusste schon was los war, deshalb zog sie ohne zu zögern ihr Alltagsgewand an, nicht gerade attraktiv, und ging gemeinsam mit Filoti zu seiner mit Gebärschmerzen liegenden Frau hin. Filoti durfte nicht dabei sein, die Geburt war keine Männersache. Inzwischen kam auch Anicas Cousine, ihre einzige Verwandte im Dorf, zu der sie auch einen freundschaftlichen Kontakt pflegte. Ileana, so hieß sie, bekam von der Hebamme die notwendigen Anweisungen, die für die verschiedenen Erledigungen der bevorstehenden Geburt erforderlich waren. Das Wasser in dem großen Kessel wurde auf die Herdplatte gestellt, das Wasser warm gemacht, die notwendigen Windel bereit gestellt und eine Schere zum Durchtrennen der Nabelschnur griffbereit hingelegt. Ungeschick konnte man der Hebamme nicht nachsagen, obwohl ihre Erscheinung nicht sehr vertrauenswürdig wirkte. Ihr Alter, sie war zirka vierundfünfzig Jahre alt, bescherte ihr jahrelang eine Menge Erfahrung und großes Selbstvertrauen in ihr Können. Nach jedem Einsetzen einer Wehe, sprach sie Anica in monotoner klingender Stimme die folgenden Worte zu: „Pressen, stark pressen, Luft einatmen, pressen...." Dann kam wieder eine kurze Pause bis die nächste Wehe krampfartig und noch schmerzhafter als zuvor einsetzte. Zwei Stunden lang musste Anica mit der Geburt kämpfen, während Filoti völlig außer sich draußen - hin und her patroullierend - auf die erlösende Nachricht wartete. Um vier Uhr morgens erblickte Marica das aufbrechende Licht des zu Ende gehenden Septembers. Es war im wahrsten

Sinne des Wortes eine schwere Geburt, Anica jedoch war überglücklich. Sie durfte zum ersten Mal ihr Kind, ihre Tochter, in die Arme nehmen. Ihre Augen waren von der Flut ihres Glückes verschleiert, sodass sie eine kurze Weile brauchte, bis sich das Augenlicht wieder klärte und sie das Neugeborene – das Wunder ihres Lebens – liebevoll betrachten konnte. Nach dem Baden wurde Marica in warme, saubere, weiche Leintücher gewickelt und an die Mutterbrust gelegt. Filoti durfte ins Zimmer kommen, um seine Tochter in die Arme zu schließen. Seine an sich starke Knochen schienen mit Luft gefüllt zu sein; er hatte das Gefühl, fliegen zu können; so leicht, fast gewichtlos war sein Körper. Er nahm Marica in seine Arme, drückte sie vorsichtig gegen seine Schläfen und murmelte vor sich hin: „Meine kleine Tochter!"
Die Morgendämmerung weitete sich am Osthorizont in ihren schönsten Farben aus. Ein intensives Rot floss über den Osthimmel und vermischte sich mit opalisierendem Rosa auch mit tiefem Purpur. Dazwischen erschienen Gelbnuancen bishin zu verschiedensten Orangetönen. Die Violettfarben zeigten sich dem Himmel nur kurz, um sich dann schnell in Grautöne zu verwandeln. Die indigogetrübten Farben wirkten fast bedrohlich, verschwanden jedoch genauso schnell wie sie aufgetaucht waren. Am Himmel mit dem steigenden Licht des Tages erschien die azurblaue Farbe. Die wandelbaren Himmelsfarben beim Sonnenaufgang kann nur ein Maler in seinen Gemälden festhalten, um diese Schönheit und Vielfalt länger und immer wieder betrachten zu können. Ein wolkenloser Himmel begrüßte in seinem schönsten Blau die neue Erdbewohnerin.
Anica schlief neben ihrem neugeborenen Kind ein, erschöpft von den Geburtsstrapazen. Ileana sorgte für das anständige Mittagessen auf dem Küchentisch. In dem karg möblierten Zimmer befanden sich vier Sessel, ein Tisch, eine Art Wandregal, indem einige Teller standen und ein

Herd mit drei Kochplatten. Der Herd wurde mit Holz beheizt. Eine andere Möglichkeit gab es nicht in diesem Dorf. Das Mittagessen fiel dieses Mal etwas feierlicher aus und neben Maricas Eltern und Ileana wurde auch die Hebamme eingeladen. Marica lag in einer aus Holz gebauten Wiege neben ihrer Mutter.

Am Abend, als die Männer ihre Arbeit auf dem Feld oder woanders beendeten, fanden sie sich in Dorfkneipe zusammen, um ein Achterl Wein zuviel zu trinken. Das Geld war ohnehin knapp, doch manche Männer – verantwortungslos wie sie gegenüber ihrer Familie waren – vertranken fast das ganze Geld. Die Leidtragenden waren die Kinder, die weder für Kleider noch für die Schule Geld hatten. Nicht selten bekamen manche Frauen Prügel von ihren Männern, wenn sie versuchten, ihnen das Geld zu nehmen. Filoti gehörte nicht zu dieser Gruppe. Am Abend des 29. Septembers, nachdem er glücklicher Vater geworden war, lud er einige Kumpel auf einen Schnaps in der Dorfkneipe ein, er jedoch ging rechtzeitig nach Hause.
Einige Tage vergingen und jeder Tag versprach schöner als der andere zu werden. Zwischen Schlaf und Wachsein verbrachte Anica die erste Woche mit ihrer kleinen Tochter. Eine unerklärliche Angst fing an ihr junges Mutterglück zu bedrohen: Ihr fiel auf, dass Maricas Atem manchmal für Sekunden anhielt. Daher hielt sie die Kleine beinahe ununterbrochen unter Beobachtung. Sie ging jeden Abend mit der Befürchtung zu Bett, dass Marica morgens nicht mehr aufwachen würde. Ärztliche Hilfe war nicht zu erwarten. Die wenigen Krankenhäuser in den großen Städten waren nicht ausreichend ausgestattet, abgesehen davon, dass kaum jemand aus dem Dorf das Krankenhaus aufsuchte. Anica holte sich Rat bei der Hebamme und auch bei den verschiedenen Müttern aus dem Dorf – doch jede sagte ihr etwas anderes. Diejenigen, die eine böse Zunge hatten, verbreiteten im Dorf das Gerücht, dass die Kleine

mit einer genetisch bedingten tödlichen Krankheit geboren wurde, was natürlich nicht stimmte. Aber die gesprochenen Wörter hatten ihre Wirkung gezeigt: alle Mütter mit ihren kleinen Kindern mieden Anica aus Angst, ihre Kinder anzustecken. Anica wurde selbst verunsichert und sah keinen Weg aus dieser Sackgasse heraus zu kommen. Filoti war ohnehin überfordert. Sein Vaterglück war unübersehbar, jedoch mit der Betreuung des Kindes hatte er nichts am Hut. Drei Wochen vergingen seit Maricas Geburt. Die Atemschwierigkeiten traten häufiger auf; Anica war am Ende ihrer Kräfte. Die täglichen Tätigkeiten, die sie vor der Geburt ihrer Tochter durchführte, vor allem die Gartenarbeit, reduzierte sich auf ein Minimum. Marica nahm ihre gesamte Zeit in Anspruch. Eine ängstliche Frau könnte man denken, doch weit gefehlt! Sie war auf ihre Art mutig; sie kämpfte gegen den Tod, der allgegenwärtig war und ihre Tochter bedrohte.

Es war gegen Ende Oktober, die Sonne verlor an Wärme, die Nächte wurden immer länger und kühler. Anica verbrachte die meiste Zeit in dem kleinen, niedrigen Zimmer mit den zwei kleinen Fenstern und einem Ofen, der mit Holz beheizt wurde und so eine wohlige Wärme spendete. Eine ihrer Beschäftigungen war auch Wolle spinnen, die ihr Leute aus dem Dorf brachten. Damit verdiente sie zusätzlich ein bisschen Geld. Auch Filoti arbeitete jeden Tag irgendwo anders, denn Arbeit gab es im Herbst genug, vor allem bei der Ernte. Er half den großen Bauern die Maisfelder abzuernten oder Kürbisse zu sammeln sowie Sonnenblumen einzufahren. Die Arbeit wurde ausschließlich von Hand erledigt und mit Pferde– oder Ochsenkarren nach Hause gebracht. Nach der Arbeit, beim Abendessen, bekam er seinen Tageslohn, den er gewissenhaft seiner Frau übergab. Er hatte nun eine Familie und dementsprechend groß war auch sein Verantwortungsgefühl. Seine ganze Kraft des Seins, sein ganzes Glück lag darin, genug Geld für seine Familie zu verdienen und seine Tochter gesund aufwachsen zu sehen. Die tägliche Müdigkeit verlor an Bedeutung, wenn er nach getaner Arbeit auf seiner Hausbank sitzend unter dem herbstlichen, leicht wolkigen Himmel seine kleine Marica in seinen abgearbeiteten Händen hielt, ihr kindlich unschuldiges Gesicht berührte, ihre fast zerbrechlichen Händchen in die Seinen nahm, dabei seine Augen schloss und die Ruhe des Glückes genoss - mit einer besonderen Intensität, als hätte er gespürt, dass das Glück nur sehr kurze Zeit bestehen würde. Er wünschte sich nur, die gesamte Nacht hindurch glücklich wie ein fest verwurzelter Baum dazustehen und diese Seligkeit einzuatmen. Filoti zählte die Ehejahre – sieben Jahre vergingen bereits –, jedoch empfand er noch nie so viel Zärtlichkeit für seine Frau wie in diesen Tagen. Er genoss die Nähe seiner Frau, wie sie die Kleine an ihre Brust legte. In seinen Augen war sie wie eine heilige Ikone, vor der er sich betend hinknien wollte. Als er nachts im Bett lag, empfand er, wie jeder andere Sterbliche dieser Welt, dass das Leben hart ist, jedoch sah er zum ersten Mal, dass es auch unbeschwerlich, erfüllend und schön sein kann. Diese wundervollen Gefühle waren so durchdringend, dass er alle Welten des Universums umarmen hätte können. Im Halbschlaf bewegte er sich leicht und drehte sich auf die andere Seite, dann presste er instinktiv seinen Rücken gegen den Rücken seiner Frau, bis er dann, von der Müdigkeit besiegt, selig einschlief. Seine Frau hielt still, um Maricas Atem hören zu können. Manchmal schlief sie dabei ein. Vielleicht eine halbe Stunde oder eine Stunde, mehr war es nicht. Anica grübelte in den schlaflosen Nächten oft über ihr bisheriges Leben nach: Liebe, Heirat, die lange Wartezeit bis zur Geburt der Tochter und nun das Bangen zwischen Hoffnung und Verzweiflung, sowie die Ungewissheit, die – neben unsäglichem Glück – an ihrer Seele nagte. Aber sie sprach nicht mehr viel darüber, es bedrückte sie nur. Sie bemühte sich, die häusliche Gemütlichkeit so angenehm wie möglich zu gestalten, die Normalität des Lebens einer jungen Familie zu bewahren, jedoch stets in der Hoffnung, dass Marica bald gesund werden würde. Filoti schmiedete sogar Pläne; er beabsichtigte das kleine Haus zu vergrößern, ein zusätzliches Zimmer für Marica dazu zu bauen, mit einem eigenen Tisch, mit einem eigenen Bett, mit Regalen vom Tischler, so dass sie in ihrem Zimmer später einmal ungestört lernen und leben können würde. So erzählte er es überall im Dorf herum. Auch dann, wenn er von seinen angeblichen Freunden ausgelacht wurde. Da in dieser Zeit der Straßenbau einen Aufschwung erlebte, wollte er eine fixe Anstellung als Hilfsarbeiter annehmen, somit hätte er ein gesichertes Einkommen.

Samstag, der 10. November:
Es war noch finster draußen und das Wetter machte der Jahreszeit Ehre. Anica drückte die ganze Nacht kein Auge zu. Gegen vier Uhr früh verlor sie den Kampf gegen den Schlaf. Sechs Wochen lang, seit Maricas Geburt, schlief sie keine einzige Nacht mehr durch. Das schwächte ihren an sich stabilen Körper spürbar. An diesem Samstagmorgen, nachdem sie Marica stillte, unfähig sich gegen den so notwendigen Schlaf zu wehren, schlief sie tief ein. Als es acht Uhr wurde und Anica neben ihrer Tochter noch immer schlief, beschloss Filoti alleine aufzustehen, um so etwas wie das Frühstück in der kleinen Küche vorzubereiten: Eierspeise wollte er machen und Anica warme Kuhmilch servieren; er trank lieber einen gespritzten Most. Er heizte den Ofen ein, sodass die Küche eine angenehme Temperatur erreichte, legte alle Zutaten auf den Tisch und ging ins Schlafzimmer, dabei griff er nach ihrer Hand und mit sanften Bewegungen weckte er sie auf. Wie aus einem Albtraum erschreckt, drehte sie sich zu Marica hin und umschloss sie mit ihren zitternden Händen, sich selbst vorwerfend, dass sie zu spät aufgestanden war. Marica rührte sich nicht. Sie öffnete ihre braunen

Babyaugen nicht mehr, sie bewegte ihre kleinen Hände nicht mehr, sie hatte aufgehört zu atmen. Es trat das ein, was ihre Eltern so stark gehofft hatten, dass es nicht eintreffen würde: Marica hörte auf zu leben, während ihre Mutter schlief. Sechs Wochen lang durfte sie ihre Eltern glücklich machen, dann schlief sie im Morgengrauen des 11. Novembers für immer ein. Ihre unschuldige Seele verwandelte sich in einen Engel und stieg in den Himmel empor, hinter sich zwei gebrochene Menschen – ihre Eltern. In diesem Augenblick schien es so, als würde Anica den Verstand verlieren. Sie nahm die kleinen Hände ihrer leblosen Tochter und legte diese auf ihren Kopf. Es war alles still in diesem kleinen Zimmer, nichts rührte sich mehr, sie selbst wurde immer ruhiger, ohne zu merken, dass ihre Tränen Maricas starres Gesicht überschwemmten. Filoti blickte, wie in einem Schockzustand, in die Leere, unfähig etwas zu sagen, als wäre er nicht anwesend gewesen. Irgendwann von der Ferne her, unterbrach das Heulen des Zuges, der jeden Tag um dieselbe Zeit über den hohen Hügel des Dorfes vorbeifuhr, für eine Weile die zerschmetternde Stille. Durch die großen Kirschbäume, die bewegungslos dastanden, ging ein Rauschen, das sich wie ein leiser Regentropfen anhörte. Mit unkontrollierten Bewegungen ging Filoti zu dem Bett und stellte sich schockiert neben sein totes Kind und küsste ihr bleiches, kaltes Gesicht. Stumm vor Schmerzen saß er gegenüber Ileana, die neben dem Kind lag, während er zu begreifen begann, dass ihm das größte Glück genommen worden war, dass es kein Gesetz gab, das ihm dieses Glück für immer garantierte und wenn man weiterleben wollte, musste man den Schmerz gehen lassen. Er beugte sich wieder zu seinem Kind hin, sprach einige kaum hörbare Worte, so als kämen diese von einem Sterbenden, dann ging er zum Fenster hin und zog den weißen Vorhang zur Seite. Das spärliche Novemberlicht reichte nicht aus, um seine verdunkelte Seele zu erhellen. Viel Zeit verging. Als

Anica etwas zu sich kam, ging auch sie zum Fenster, wo Filoti noch immer stand und gemeinsam blickten sie in den Garten hinaus. Gemischte Gefühle wie Verzweiflung, Schmerz, Unglück überwältigte sie. Noch vor einigen Stunden war sie eine glückliche Frau, nun stellte sie sich verzweifelt selbst die Fragen, die sie nicht beantworten konnte. Ihre Augen füllten sich mit Tränen, doch sie kämpfte nicht dagegen; ein heftiges Schluchzen erleichterte für kurze Zeit ihr gebrochenes Herz. Dann wandte sie sich zu ihrem Kind, nahm es in ihre zitternden Hände, ging mit ihm einige Minuten in dem Zimmer hin und her, dann setzte sie Marica in ihre liebevoll gebettete Wiege, ohne bemerkt zu haben, dass Filoti fortging, um den Kirchendiener vom Ableben seiner Tochter zu verständigen. Vielleicht hätten sie den Schmerz leichter ertragen können, wenn sie bloß erfahren hätten können, welchen Sinn das Sterben ihrer Tochter hatte. Das Sterben eines Kindes, das gerade erst auf der Erde ankommt, bleibt uns Menschen unverständlich, ja grausam, doch im Angesicht Gottes wird wohl auch der Tod einen Sinn haben, das bleibt sein strengstes Geheimnis, zu dem wir irdische Wesen keinen Zugang haben.

Die Glocke der Dorfkirche verbreitete durch ihr Totengeläut die traurige Nachricht. Der wehmütige Glockenklang versetzte Anica in einen ängstlichen, schreckhaften Zustand; sie verfiel in ein krampfhaftes Weinen, dass sie zu ersticken drohte. Schlagartig stürzte sie sich wieder zum Fenster hin, öffnete es suchend nach etwas, das ihr helfen konnte. In ihrer Ohnmacht fing sie zu beten an.

In kürzester Zeit wusste jeder, dass jemand im Dorf gestorben war. Bestürzung und Fassungslosigkeit erfasste das ganze Dorf. Das Mitgefühl der Dorfbewohner galt den schmerzgeplagten Eltern. Nach drei Tagen Aufbahrungszeit in dem kleinen Zimmer des Elternhauses wurde der kleine Sarg mit dem leblosen Kinderkörper unter großer Anteilnahme der Dorfbewohner in dem örtlichen Friedhof beigesetzt. Die Traurigkeit Anicas, die lange Zeit nach dem Tod ihrer Tochter schwarze Kleidung trug, war ihr tief ins Gesicht geschrieben. Die Winterzeit, mit ihrer lang anhaltenden Dunkelheit, verstärkte ihre Traurigkeit. Der Tod, der beharrlich Maricas kurze Leben ankündigte, den ihre Eltern jedoch nicht wahrhaben wollten, beschäftigte sie nach wie vor.

Anicas Eltern starben, als sie fünf Jahre alt war und seitdem empfand sie den Tod als das größte Unheil der Welt; Anica ertrug nicht, wenn in ihrer Gegenwart über den Tod geredet wurde, da sie dann immer in Weinkrämpfen ausbrach. Und trotzdem hatte sie insgeheim den Wunsch, mehr darüber zu wissen und zu erfahren. Sie hoffte eines Tages die Antwort zu finden und suchte Trost in der Heiligen Schrift.

Das Leben dreht sich weiter vorwärts, denn in den göttlichen Bestimmungen war es nicht vorgesehen, das Rad der Zeit festzuhalten und schon gar nicht zurückzudrehen. Jeder Erdbewohner muss das für ihn vorgesehene Stück des Lebensweges gehen, solange bis ihm ein ebenso vorgesehenes Ende Einhalt gebietet. Durch eine neue Geburt wird diese Staffel übernommen, weiter geführt, immer wieder in dem Kreis des ewigen Universums.

Der Frühling kündigte sich an, früher als erwartet. In dieser Gegend, in dem von sanften Hügeln und Akazienbäumen umgebenen Dorfes, waren die Winter milder und kürzer. Der östliche Hang war mit Weingärten und Nussbäumen geschmückt. Am Fuße des Hanges, auf den weit ausgedehnten fruchtbaren Feldern, gediehen die Sommerblumen, die - wie auf Befehl - ihre gelben, zackigen Kronen stets zur Sonne hin richteten. Ein Paradies für viele Bienen, die genügend Nahrung fanden. Es hatte, zumindest äußerlich, den Anschein, dass sich Anica aus ihrem Tief etwas erholte, genauso wie Filoti. Die Arbeit im Garten gab

Anica wenige Möglichkeiten, in Grübeleien zu verfallen. Gemüseanbau war ein Teil ihrer Existenz und sie liebte diese Arbeit. Auch ihr Mann fand eine fixe Beschäftigung im Straßenbau. Anica hoffte weiterhin, dass sie ein zweites Mal schwanger werden könnte, vielleicht würde sie ihr zweites Kind gesund auf die Welt bringen können.
Was würde der Mensch ohne Hoffnung machen? Könnte er überhaupt existieren? Ich sage: Nein! Die Hoffnung, egal worauf man immer hofft, trägt uns durchs Leben. So dachte auch Anica. Noch war sie jung und auch gesund. Das starke Gefühl, doch noch ein Kind bekommen zu können, ließ sie nicht los. Dieses Gefühl bereitete ihr auf einer seltsamen Weise Freude, womit sie auch eine gewisse Unbeschwertheit an den Tag legen konnte, ohne dass sie ständig an den Fesseln der traurigen Vergangenheit hängen musste. Diese immer öfters auftretende Stimmung, hatte auch eine ansteckende Wirkung auf ihren Mann. Abends sah man sie gemeinsam in der Laub jausend, bei näherer Betrachtung verlief ihr Leben wieder in der ersehnten Normalität.

Es war Sonntag. Der Spätfrühlingstag schien nichts als Frieden und Sonne zu verbreiten, einladend zum Faulenzen oder in die Kirche zu gehen. Anica und ihr Mann beschlossen wieder einmal einen Gottesdienst zu besuchen, aus Dankbarkeit für ihre zufriedene Existenz, für die Hoffnung, die sie immer stärker empfand, doch noch ein zweites Kind zu bekommen. Die Kirche lag einige hunderte Meter von ihrem Haus entfernt. Unterwegs trafen sie auch Anicas Cousine Ileana, die auch auf dem Weg in die Kirche war. Ileana war die einzige nähere Verwandte, die Anica hatte und auch dementsprechend gut war auch die Beziehung zu ihr, man konnte sagen, fast schwesterlich. Ileana war dreiunddreißig Jahre alt und ledig. Sie hatte nicht vor zu heiraten. In den jüngeren Jahren hatte sie schon einen Freund, den sie auch heiraten wollte, doch er entschied sich für eine Andere. Die offenen Wunden, die ihr Freund an ihrem Herzen hinterließ, wollten noch immer nicht heilen. Einen Anderen wollte sie nicht und so verbrachte sie ihr Leben unauffällig in dem kleinen Haus, das sie von ihren Eltern erbte. Ihr Einkommen verdiente sie mit Hand– und Gartenarbeiten, die im Dorf sehr geschätzt wurden: Bettwäsche, Kopfkissen, Überzüge, die sie mit Stickereien verzierte, waren sehr begehrt bei den Brautleuten. Diese fast luxuriösen Dinge waren für die schönsten Zimmer im Haus gedacht – ein Herzeigezimmer sozusagen, wo auch manche Gäste das Privileg hatten, in diesem Zimmer nächtigen zu dürfen.

An diesem Sonntag war die Kirche gut besucht; es war nicht immer so. Der Pfarrer, ein hochgewachsener Mann mit Vollbart und ergrauten Haaren, war eine Respektsperson mit jedoch einer sanften Erscheinung. Die Dorfbewohner waren keine begüterten Menschen und trotzdem gelang es dem Geistlichen durch seine überzeugende Art des Redens, die Leute zu Spenden zu bewegen. Damit renovierte er mit viel Engagement und Liebe die kleine Kirche des Dorfes, die dann bei den Gläubigen viel an Attraktivität gewann. Dieser schöne Sonntag schien für Anica und Filoti von der Liebe überflutet zu sein. Nach dem Gottesdienst gingen sie in Glück schwelgend nach Hause, um das Mittagessen vorzubereiten. Dazu gehörte ein festliches Essen. Im Hof der Familie, in einem geräumigen Zwinger befanden sich Hühner und Gänse, die als Eier– und Fleischlieferanten dienten. Anica bereitete ein Paprikahuhn zu, das Lieblingsessen ihres Mannes. Eine ländliche Idylle, die harmonischer nicht hätte sein können. Das Alltagsleben ging seinen geregelten Lauf.

Währenddessen wurde Anicas Überzeugung wieder schwanger zu werden, gerade zur Versessenheit. Ihre Nacht– und Tagträume deuteten nur daraufhin, schwanger zu werden oder sogar schon zu sein. Eines Tages, ohne

ihrem Mann etwas davon zu erzählen, ging sie zu einer Traumdeuterin und Zauberin, die am Ende des Dorfes in einer kleinen Lehmhütte wohnte, um ihr ihre Träume zu erzählen. Margareta, so hieß diese Frau, bekam oft sowohl weibliche als auch männliche Besuche; jedoch Keiner bekannten sich offen dazu. Alles geschah mehr oder weniger im Geheimen. Es wurde viel darüber geredet, dass ihre Prophezeiungen oftmals wirklich zutrafen. Dadurch genoss sie eine gewisse Glaubwürdigkeit, wenn auch nicht offiziell.
Anica erwartete sich eine Bestätigung dessen, was sie so oft träumte. Margareta verlangte für ihre Dienste nichts. Es geschah alles auf freiwilliger Basis. Ob man ihr nach den spirituellen Sitzungen Geld oder Naturalien auf den Tisch legte – es war für sie alles recht. Anica nahm zehn Eier mit und eine Flasche selbstgemachten Most. Sie tat das unter der Woche, als ihr Mann auf der Arbeit war. Margareta empfing sie freundlich, als hätte sie schon auf sie gewartet. Ihr „Arbeitsraum" war stets dunkel, geisterhaft, geheimnisvoll, als wäre dies nicht von dieser Welt. Sie betrachtete Anica mit durchdringenden Blicken, als hätte sie vor, sie zu hypnotisieren, dann bat sie auf einem alten, speckigen Sofa Platz zu nehmen. Sie befüllte einen feuerfesten kleinen Gegenstand mit Weihrauch und zündete ihn an. Margareta, die ganz in Schwarz gekleidet war, murmelte irgendwelche unverständliche Worte vor sich hin, um dem kleinen Raum eine mystische Atmosphäre zu vermitteln. Dann wandte sie sich Anica zu, die ihre Blicke scheinbar in die Leere gerichtet hatte und dann fing sie an, Anica Dinge zu erzählen, ohne dass sie davor etwas gewusst hätte und dies ließ Anica erstaunen. „Du bist schwanger. Du trägst in deinem Leib ein Kind. Es wird ein Mädchen sein und kommt gesund auf die Welt. Einige Monate nach der Geburt sehe ich große Gefahr für Mutter und Tochter, die man nicht umgehen kann. Ich sehe ein Feuer!" Anica bekam zitternde Knien, schloss die Augen

und rang um Luft; sie hatte Angst in Ohnmacht zu fallen, den Verstand zu verlieren oder im eigenen Blut, das rasend ihren Körper durchlief, zu ertrinken. Margareta hatte ja genug Erfahrung mit solchen Situationen. Anica war nicht die Erste, die wegen derartigen Aussagen durch die Hölle ging. Mit ihrer (so paradox es klingt) Vertrauen einflössender Stimme, holte sie Anica in die reale Welt zurück. Sie bekam etwas zu trinken, irgendeine Kräutermischung, die dazu diente die Stimmung zu erhellen. Anschließend ging sie nach Hause, aufgewühlt von dem, was sie erlebte und hörte. Die überschwänglichen Glücksgefühle schwanger zu sein, vermischten sich mit der Angst des prophezeiten Unheils, das auf sie und ihr Kind zukommen würde. Die Dankbarkeit vermischte sich mit Wutanfällen, was sie eine zeitlang daran hinderte, klar zu denken. In kürzester Zeit erlebte sie die Hölle und den Himmel zugleich. Ihrem Mann erzählte sie nichts davon. Sie wollte solange abwarten, bis sie ihre Gedanken unter Kontrolle hatte. Es war ihr lieber, ihre Aufmerksamkeit auf das Glück zu projizieren, das andere ignorierte sie: Sie wird ein zweites gesundes Kind auf die Welt bringen! Dass ihr die Wahrsagerin ein bevorstehendes Unheil voraussagte, wollte sie nicht glauben und hoffte, dass sie sich geirrt hatte. Ihr Geheimnis wollte sie solange wahren, bis sie sicher sein konnte, dass sie tatsächlich ein Kind erwartete. Dann könnte sie sich von Stolz erfüllt ihrem Mann offenbaren, ihm von dem großen Glück erzählen, mit ihm gemeinsam die dann doppelte Freude mit jedem Atemzug bis ins Herz hinein zu spüren. In dieser Zeit widmete Anica ihre ganze Kraft, sich selbst zu stärken.

Es verging mehr als eine Woche, Zeit, in der sie soviel Mut fasste, um ihrem Mann das Geheimnis zu eröffnen. Da sie ihre Gedanken auf das Glück konzentrierte, waren auch die Träume dementsprechend: plastisch, authentisch, mit Freude erfüllt, so dass sie in den folgenden Tagen immer

fröhlicher wurde. Sie hatte die Gewissheit schwanger zu sein, da ihre Regel mittlerweile ausblieb. Sie konnte kaum begreifen, dass sie wieder ein Kind bekommen würde. Sie musste ihrem Mann unbedingt davon erzählen. Soviel Glück konnte sie alleine nicht mehr bewältigen. Die Übelkeit verstärkte sich, ihre Brüste wurden prall und fest, nur am Bauchumfang merkte man noch nichts. Ein Tag fehlte noch bis zum Wochenende; der Sommer war gerade im Einzug, doch die Hitze ließ noch eine Weile auf sich warten, der Himmel kokettierte öfters mit den Regenwolken, die gerade in dieser Zeit ein Segen für die durstende Erde waren. Damals gab es keine Fünf–Tage–Arbeitswoche, folglich mussten die Leute auch am Samstag arbeiten. Jedoch der Sonntag war ein Heiliger Tag – der Tag des Herrn, jeher seit der Schöpfung.
Dieser sonnige Endjuni–Sonntag dürfte im wahrsten Sinne des Wortes ein großer Feiertag werden. Filoti und Anica gingen wieder einmal in die Kirche, wie schon öfters zuvor. Doch an diesem Sonntag empfand Anica anders. Mit Demut und Dankbarkeit betrat sie die Kirche, wo sie sich Gott näher fühlte, um ihm durch ihre Gebete für das erfüllte Glück zu danken. Auf dem Nachhauseweg nahm sie die Hand ihres Mannes in die ihre, drückte sie fest, schaute ihm in die Augen. Sie war außergewöhnlich fröhlich, als ihr aus ihrer inneren Quelle Glück heraussprudelte; der Drang ihm alles, was ihr Herz in Wallungen brachte, zu erzählen - sie konnte ihm keinen Halt mehr gebeten: „Filoti, wir bekommen ein Kind! Ein gesundes Kind. Es wird leben, unser Dasein wird vom Glück erfüllt sein; sag etwas, sag, dass du dich freust, dass du mich liebst, sag irgendetwas! Mir geht das Herz über!"
Für kurze Zeit blieb er stehen, unfähig etwas über die Lippen zu bringen. Er konnte nicht sagen, was er augenblicklich empfand, ein seltsamer Zustand ergriff ihn. Diese überwältigende Nachricht erregte ihn ihm eine so

starke mit Freude erfüllte Glückseligkeit, dass er vor Überraschung verstummte.

„Liebste, ich danke dir!" Dann zum Himmel hinaufschauend: „Auch dir!"

Sie gingen wortlos nach Hause, keiner traute sich etwas zu sagen, um die süße Harmonie nicht zu stören. Diesen Tag, der gewiss besonders war, wollte Filoti anders als sonst verbringen, er wollte sich seiner Frau dankbar zeigen, dass er sie liebte und er froh war, an ihrer Seite sein Leben verbringen zu dürfen. Doch im Dorf gab es kaum Möglichkeiten, einen Tag feierlicher zu verbringen. Doch in der benachbarten Gemeinde fand gerade ein Kirtag (Anm.: kirchl. Fest) statt. Da schien ihm die Idee dort hin zu fahren geradezu optimal, doch gab es keine Fahrgelegenheiten – das hieß, entweder zu Fuß die acht Kilometer gehen oder in einer Pferdekutsche mitzufahren. Er sprach seinen Nachbarn an, ob er ihm nicht seine Pferdekutsche für die Fahrt zum Kirtag leihen würde. Dafür würde er ihm in der Erntezeit bei der Feldarbeit helfen. Solche Geschäfte waren im Dorf durchaus möglich. Die Fahrt mit der Kutsche dauerte eine knappe Stunde und sie kamen gerade zur Mittagszeit an. Da das Mittagessen zuhause ausfiel, bot sich die Gelegenheit, die köstlichen scharfen Würste, die auf dem heißen Grill brutzelten und einen appetitanregenden Geruch verbreiteten, genüsslich zu verzehren. Nach dem Essen durfte Anica ein paar Kleinigkeiten einkaufen und anschließend noch ein Eis essen. Für die beiden war es tatsächlich ein besonderer Tag. Als die Sonne sich unaufhaltsam dem Horizont näherte, um die Abendzeit zu verkünden, fuhren Filoti und Anica in stiller Zufriedenheit wieder nach Hause. Am Spätabend saßen sie bis in die Nacht hinein in der Laube draußen; Filoti trank gegen seine Gewohnheit einige Gläser Most, was ihn in eine beschwipste Stimmung versetzte. So konnte er sein unerwartetes Glück leichter ertragen.

Das Leben ging zumindest für ihn nach dem gleichen Rhythmus weiter. Er war froh, eine fixe Arbeitsstelle zu haben und er ging gerne seiner Arbeit nach. Anica hatte es dagegen schwerer: da es die Schwangerschaft ihr nicht immer leicht machte. Vor allem seelisch durchlebte sie große Gefühlsschwankungen: mal war sie depressiv und niedergeschlagen, dann fühlte sie sich wiederum fröhlich und ausgeglichen. Ab und zu blitzten durch ihren Kopf Margaretas unerfreuliche Prophezeiungen, doch sie war stets bemüht ihnen keine große Bedeutung beizumessen. Filoti war ihr in jeder Hinsicht eine große Unterstützung. Er übernahm die meiste Arbeit im Garten, Ileana half im Haushalt mit und sie kochte auch oftmals, meistens abends für Filoti.
Die Dorfhebamme, die manchmal, vor allem wegen Anicas gelegentlichen Depressionen zu Rate gezogen wurde, meinte, dass diese sich nach der Niederkunft verflüchtigen würden. Auch bei ihrer ersten Schwangerschaft erlebte sie die gleichen Unannehmlichkeiten. Sie befand sich schon im vierten Schwangerschaftsmonat: das Kind in ihrem Bauch machte sich stark bemerkbar und Ileana ertappte Anica immer wieder, wie sie mit dem Kind redete, als würde sie dies schon in ihrem Arm halten.

Das Wetter kühlte empfindlich ab. Es war Ende November, der Monat, dem Anica nicht viel Angenehmes abgewinnen konnte. Ihre Tätigkeit beschränkte sich auf wenige Handarbeit, den Ofen mit Holz zu beheizen und gelegentlich zu kochen. Die Bewegungen wurden immer beschwerlicher, der Bauchumfang weitete sich aus; manchmal hatte sie auch Kopfschmerzen und sie blieb am liebsten in der warmen Stube. Die Winterfeiertage standen fast vor der Türe und sie hätte gerne als Geschenk die Geburt ihres Kindes erhalten. Doch sie musste noch bis Ende Jänner warten.

Im Winter gab es im Straßenbau je nach Witterung wenig zu tun. Das kam Anica sehr gelegen, denn gerade in dieser Zeit, die beschwerlich für sie war, übernahm Filoti die tägliche Arbeit. Die Weihnachtsfeiertage und auch den Silvesterabend verbrachten sie gemeinsam mit Ileana, da sie alleine lebte. Zwei Wochen vor Weihnachten buk sie verschiedene Mehlspeisen, dann sich dem Heiligen Abend nähernd, wurde ein Truthahn geschlachtet, der ausreichend Fleisch spendete für alle drei Weihnachtsfeiertage (die Orthodoxen feiern drei Feiertage zu Weihnachten).
Abends, als der Tag dann schon vorüber war, machte Anica mit einem roten Stift einen Strich und freute sich, dass die Zeit bis zur Geburt einen Tag weniger zählte. Der Winter hatte in diesem Jahr diese an sich schneearme Gegend in Rumänien schlimm erwischt: es schneite einige Tage fast ununterbrochen und die Schneeberge machten es den Dorfbewohnern nicht gerade leicht. Vor jedem Haus, vor jedem Garten sah man in aller Früh Männer, die Schnee schaufelten, um zumindest einen schmalen Pfad frei zu legen.

Es war das Jahr 1953: Ein Jahr, das wegen dem extremen Schneefall den Menschen in Erinnerung blieb. Doch der Schnee hielt nicht lange Rast in dieser Gegend, denn schon Anfang Februar stiegen die Temperaturen ungewöhnlich hoch an und der Schnee schmolz rasant dahin. In den Frühstunden des 23. Jänners setzten bei Anica die Wehen ein. Sie stand kurz vor der Niederkunft. Filoti, aufgeregt mit erkennbarer Anstrengung, lief zur Hebamme, um sie zu holen, dann ging er zu Ileana, um auch sie zu verständigen. Die Hebamme, eine durchaus erfahrene Frau, unternahm alle notwendigen Maßnahmen, um gemeinsam mit Ileana die bevorstehende Geburt gut zu begleiten. So wie bereits beim ersten Kind durfte Filoti während der Geburt nicht dabei sein. Es war ihm gerade recht so, denn er hätte die seelischen Strapazen nicht überstanden. Einmal wagte er ängstlich zu fragen, ob alles gut gehen würde. Anicas zweites Kind war wieder ein Mädchen, ein gesundes, kräftiges Kind, das ihrer Mutter die Geburt nicht leicht machte. Mit sicherem Griff durchtrennte die Hebamme die Verbindung von Mutter und Kind, wickelte das Neugeborene in ein weiches, warmes Tuch und legte der geschwächten, aber überglücklichen Mutter das Kind auf ihre Brust. Aglaia, soll sie heißen – der Name stand schon vorher fest. Wäre das Kind ein Bub gewesen, hätte er den Namen Costel bekommen. Mädchen oder Junge, das spielte für die Eltern keine Rolle. Das Kind war gesund, nur das zählte.

Am selben Tag ging Filoti zur Gemeinde und ließ seine Tochter in das Geburtenregister auf den Namen „Vidroi Aglaia" eintragen. Anicas erstes Kind, Marica, starb bevor sie getauft wurde, doch jetzt soll alles ganz anders werden. Aglaia war ein gesundes Kind und in der Regel fand die Taufe drei, vier Monate nach der Geburt statt. Die Taufpatin stand schon fest: Anicas Cousine, die so verbunden mit der Familie war und sich wie eine zweite Mutter für Aglaia fühlte. Die Nachricht im Dorf verbreitete sich in Windeseile, obwohl der Winter den Menschen die Kommunikation erschwerte. Die Nachricht wurde nur zum Teil mit Wohlwollen aufgenommen, die Nörgler und Großmäuler begannen ihre Unfreundlichkeiten im Dorf auszubreiten. Filoti ignorierte die Schlechtmacherei, zumal er nicht der Typ war, der sich energisch dagegen wehren konnte. Er brauchte seine ganze Kraft für seine Familie.

Die Taufe wurde gemeinsam mit dem Pfarrer für den Monat Mai fixiert, zumal es eine schöne Jahreszeit war und es dem kirchlichen Gesetz entsprach.

Im Gegensatz zur ersten Geburt traten einige Tage später unerwartete Komplikationen bei der Mutter auf. Die Brust tat ihr weh und sie musste die Muttermilch abpumpen, um die Kleine damit ernähren zu können, was auch sehr schmerzhaft war. Das erledigte die Hebamme, die auch

scherzhaft die Bemerkung machte, Anica hätte die robuste Natur eines wilden Tieres, was gar nicht stimmte. Die Brustschmerzen wurden so heftig, dass es notwendig war Aglaia Ziegenmilch zu geben, die angeblich kräftiger als Kuhmilch und auch gesünder war. Aglaia, wie die Hebamme meinte, entwickelte sich normal und zum Glück wurde auch Anica, die alle im Dorf bekannten Heilkräuter erhielt, gesund - zur großen Freude ihres Mannes.
Filoti gelang es sogar einen Fotograf herbeizubringen (was im Dorf einen Seltenheitswert hatte), um Tochter und Mutter abbilden zu lassen: Mutter auf dem Sessel sitzend, das Kind im Arm, mit ihren Händen den kleinen Körper schützend. Bei näherer Betrachtung ähnelte das Bild einer Heiligen Ikone. Das schön eingerahmte Bild schmückte die Wand des Aufenthaltszimmers; daneben, im Eck das Jesuskreuz, an dessen seitlichen Arm der Rosenkranz hing.
Das Familienleben gestaltete sich musterhaft, so wie sie sich dies bei der Kirchentrauung gegenseitig versprachen. Es ist erstaunlich, wie viel Sinn und Freude dieses Ehepaar, durch die Erfüllung ihres Wunsches, ein gesundes Kind zu erhalten, bekam. Die Tage sind anders geworden: die Sonne schien heller als zuvor. Trotz der Anstrengungen, die das Leben mit sich brachte, blickten Anica und Filoti sorglos in die Zukunft. Ihre Herzlichkeit und Dankbarkeit wirkten ansteckend auf ihre Umgebung. Die Ängste, die sich stets im Hintergrund aufhielten, verdrängte sie mit regelmäßigen Gebeten. Niemand durfte davon erfahren, es sollte ihr Geheimnis bleiben.

Als der Frühling die letzten Winterspuren verwischte und im Garten die Obstbäume um die Wette mit den Wiesenblumen und der wärmenden Sonne ihre Blütenpracht entfalteten, saß Anica auf der Hausbank, neben ihr die kleine Tochter in der Holzwiege. Während Aglaia schlief, erledigte sie die Arbeit im Gemüsegarten, die ihr nach wie vor Freude bereitete. Von früh bis spät, bis

Filoti von der Arbeit heimkam, durchschritt sie den Tag zufrieden und ohne Hektik, manchmal auch nachdenklich. Die Müdigkeit eines langen Arbeitstages, die Filoti verspürte, löste sich im Nichts auf, beim Anblick des einzig Wertvollen das er im Leben hatte: seine Tochter. Es machte ihn glücklich, Aglaia in den Armen zu halten, sie zu betrachten, ihr Gesicht mit seinen stark abgearbeiteten Händen zärtlich zu berühren. Er wollte diese reelle, beglückende Wirklichkeit festhalten.
Filotis Kneipenbesuche, die früher zu seinen festen Gewohnheiten zählten, reduzierte er auf ein Minimum. Die Wirtshausplaudereien seiner Kumpels, die aufgebläht wie ein Frosch während der Paarung waren, kannte er auswendig und es langweilte ihn; abgesehen davon, dass manche von ihnen in Alkoholstimmung sich ihm gegenüber beleidigend äußerten. Die Abende im Beisein seiner Frau und seiner Tochter wurden zum unverzichtbaren Bestandteil seines Lebens. Vor dem Schlafengehen betete er gemeinsam mit seiner Frau mit einem fast kindlichen Pathos für das Wohlergehen der Familie:
„Lieber Gott", beteten sie jeder für sich selbst, „behüte unsere Tochter, bewahre sie vor allen Gefahren, lass uns glücklich und zufrieden leben, solange du unser Dasein auf der Erde vorbestimmt hast." Danach warfen Anica und Filoti noch einen Blick auf das Kind, das ruhig schlief, löschte die Petroleumlampe aus und sie legten sich neben Aglaia in dasselbe Bett.

Ileana wurde zu einer unverzichtbaren Hilfe in Anicas Garten und Haushalt. Sie wohnte unweit von Anicas Haus, sodass sie in wenigen Minuten bei ihr sein konnte. Sie liebte die kleine Aglaia, als wäre sie ihre eigene kleine Tochter. Seit der Trennung von ihrem Jugendfreund, den sie für ihre Lebensliebe hielt und ihn auch heiraten wollte, er sie aber verließ, hatte sie nicht mehr daran gedacht, einem anderen Mann Zutritt in ihr Leben zu gewähren. Sie war tüchtig,

fleißig, geschickt, nicht unhübsch, sie besaß ein kleines Haus mit schönem Garten und sie verdiente mit ihrer Handarbeit ausreichend Geld, um ihren Lebensunterhalt finanzieren zu können. Einige Männer im Dorf zeigten Interesse an ihr, doch keinem davon gelang es, sie von ihrer Einbahnstraße abzulenken. Doch einer aus dieser Bewerbergruppe erwies sich als beharrlicher und ausdauernder als alle anderen; Mihai, so hieß er. Er schaute immer wieder in regelmäßigen Abständen bei ihr vorbei, fragte, ob es ihr gut gehen würde und ob er ihr in irgendeiner Weise behilflich sein konnte. Sogar kleine Aufmerksamkeiten schenkte er ihr, in der Hoffnung, dass er eines Tages doch ihr Herz erreichen würde. Mihai war Bauer und seit Kurzem hatte er von seinem Vater den Bauernhof übernommen. Ileana als Bäuerin auf seinem Hof würde nicht nur ihm Freude machen, seine Eltern wären damit auch sehr einverstanden. Noch sprach Ileana über Mihais vorsichtige Liebeserklärungen mit niemand. Die Enttäuschung, die sie mit ihrem ehemaligen, langjährigen Freund machte, saß noch immer tief in ihrem Herzen. Im Grunde genommen war sie mit dem Ablauf ihres Lebens zufrieden. Ein Mann bedeutete für sie einen zu großen Unsicherheitsfaktor, zuviel Aufregung und Unberechenbarkeit. Sie kam alleine gut zurecht, wobei sie nicht mehr ganz alleine war. Anica und Aglaia machten einen beachtlichen Teil ihres täglichen Aufgabenbereiches aus. Sie kümmerte sich mit großer Sorgsamkeit um die Kleine und führte sorgfältig auch Anicas Gartenarbeit aus. Wo hätte da ein Mann Platz in ihrem Leben? Nein, so ein Abenteuer wollte sie nicht eingehen und doch in einem Punkt verrechnete sie sich: sie übersah die Tatsache, dass die Überraschungen des Lebens bis zum Schluss unerschöpflich waren.
Es war sonniger Nachmittag, als sie nach Hause zurückkehrte, wohl wissend, dass sie Gutes geleistet hatte, versprach sie sich eine „Nichtstun-Zeit" in ihrem eigenen Garten unter dem rosarot blühenden Kirschenbaum. Sie

traute ihren Augen nicht, als sie auf den Stufen zu ihrer Veranda einen unschön geformten Männerhut sah. Bei näherem Betrachten erkannte sie, dass der abgetragene, speckige Hut Mihai gehörte. Sie wusste nicht, wie sie diese Situation deuten sollte, ging dann in den Garten hinaus, wo Mihai die blühenden Bäume betrachtend, nachdenklich oder gedankenlos, wer konnte es so genau sagen, auf sie wartete. Plötzlich merkte sie, dass ihre Knie zu zittern begannen, dass ihre Herzrhythmen schneller wurden und mit leicht errötendem Gesicht ging sie auf ihn zu. „ Schön hast du es hier, Ileana! Wie du so alles in Schuss halten kannst ohne jegliche Hilfe??!?!" Ihre Stimme versagte, die Angst, er würde ihre Verlegenheit merken, machte sie noch unsicherer. Einen Augenblick lang nahm sie sich vor, ihm etwas zu sagen, obwohl sie genau wusste, was. Er sah sie liebevoll an, was dazu beitrug, dass sie noch nervöser wurde. Es kam wie es kommen musste; sie tappte in die Liebesfalle, unerwartet, unbemerkt, ungewollt und sie spürte, dass es aus dieser Falle kein Entkommen gab. Den Gedanken, noch mal einen Mann zu lieben, ließ sie erschauern. Mihas Verehrung Ileana gegenüber war echt und ernst gemeint und dieser Augenblick der Begegnung erwies sich als besonders günstig, sein tief empfundenes Gefühl ihr glaubwürdig vermitteln zu können. Die notwendige Härte, die sie dazu bräuchte, dieses Gefühl zu verdrängen, schmolz wie Schnee im Sonnenstrahl dahin. Diese Härte, die sie zweifellos jahrelang pflegte, liebte sie nicht unbedingt, jedoch dies gewahr ihr Schutz gegen neue Enttäuschungen. Wie schon gesagt, die Überraschungen des Lebens sind nicht kalkulierbar und auch oft nicht zu vermeiden.

Mihai sah gut aus, so um die dreißig Jahre alt, konnte eine solide Lebensweise vorweisen und er liebte Ileana seit längerem im Verborgenen. Ileana sammelte ihren ganzen Mut zusammen und fragte schüchtern: „Bist du heute nicht auf dem Feld?" „Ich habe meine Arbeit getan und bin froh, dass mir genug Zeit übrig blieb, um dich besuchen zu können. Du hast doch meine Absichten schon erkannt, nun möchte ich das versteckte Spiel beenden." Er konnte das, was er zu sagen hatte, nicht zu Ende bringen, sie legte ihre Finger auf seine Lippen und schaute ihm tief in die Augen. In diesem Augenblick durchlief ein schneller Gedanke ihren Kopf. Im Geheimen musste sie sich eingestehen, dass der Funke der Liebe in ihrem Herzen ein großes Feuer entflammte. Auch wenn sie es zuerst nicht wahrhaben wollte, hatte sie doch den Wunsch, geliebt zu werden. Ist ihr dieses Mal das wahre Glück begegnet? Sie war so seltsam erregt und in wenigen Augenblicken änderte sie den Männern gegenüber ihre Ansichten. Sie führte die ganze Zeit ein sittsames Leben, sie machte den starken Eindruck, ihren „Mann zu stehen" und redete sich ein, dass es gut war, so wie es war. Das große Defizit der Liebe, die sie nie an die Oberfläche kommen ließ, konnte Mihai endlich ausgleichen. Nach einer Zeit des Schweigens gingen die beiden auf die Veranda vor dem Hauseingang, um gemeinsam das mystische Spiel des Sonnenunterganges in seiner spektakulärsten Pracht zu bewundern. Eigentlich ein Luxus in einem ländlichen Gebiet, wo nur die Arbeit an der ersten Stelle stand. Anschließend bereitete Ileana das Abendbrot vor, mit den Zutaten, die sie gerade zur Verfügung hatte: einige Schnitten Speck, ein paar hart gekochte Eier, selbst gebackenes Brot, etwas Butter, die es nur zu besonderen Anlässen gab; zum Trinken gab es Most, das hatte jeder im Dorf. Aber das war im Moment nicht wichtig: Mihai gelang es, Ileanas Herz zu erobern und nur das zählte. Wachträume belagerten ihren Geist, sie glaubte den Boden nicht mehr berühren zu können und sie hoffte, dieser Zustand würde nie zu Ende gehen. Er berührte zärtlich ihre Hand - wie ein elektrischer Blitz durchströmte es ihren Körper und nahm ihr die ganze Willenskraft. Ausweichen oder gar weglaufen war undenkbar. Auch selbst auf die Gefahr hin, noch einmal enttäuscht zu werden. In diesem Augenblick spürte sie volles Verlangen nach körperlicher Nähe.

Die Abendluft kühlte etwas ab. Berauscht von dem Trank der Liebe gingen Mihai und Ileana ins Haus hinein. Seine Berührungen wurden heftiger, die Begierde sie zu lieben war nicht mehr aufzuhalten. Im Dunkeln der Nacht hob Filoti ihr Kleid hoch, schweigend berührte er zärtlich ihre Beine, deckte ihre Lippen, den Hals, die Arme mit heißen Küssen; ein feinfühliger Genießer, der es verstand, mit seinen Berührungen die Lust zu steigern. Ileanas Widerstand begann zu schmelzen. Mihai zog ihr das Oberteil des Kleides aus, dann öffnete er den überflüssigen Büstenhalter, streichelte ihre Brüste, dann wiederum suchte seine Hand den Weg zwischen ihre Beine, die sie leicht geschlossen hatte, jedoch zugleich spürte sie, wie die Lust stieg und stieg, im Einklang mit seinen gierigen Berührungen. Ileana war auf dem Weg ihre Jungfräulichkeit zu verlieren. Alles was nun geschah, widersprach ihrer Erziehung, der Tradition, die streng gegen den Sex der Frauen vor der Heirat war. Ileanas Entschlossenheit, mit dieser fanatischen, egoistischen Tradition zu brechen, war nicht mehr aufzuhalten. Ihr Verlangen nach Liebe konzentrierte sich auf die körperliche Lust. Zum ersten Mal war sie intim mit einem Mann zusammen. Ineinander verschlungen hörten die verliebten gegenseitigen Küsse nicht mehr auf; sie waren auf einer Wanderung in eine andere Welt. Mihai hob ihren Rock hoch, ließ seine Hand in ihr Höschen gleiten, bewegte sich mit seinem steifen Glied in der Mitte ihres Körpers und mit einem heftigen Stoss durchdrang er in ihrem Körper mit aller Kraft ihre Jungfräulichkeit. Ileanas leichtes Stöhnen, ihr schön gebauter Körper, das ungezügelte Verlangen nach Liebe, die solange auf diesen Augenblick wartete, ihre weit geöffneten Schenkel brachten Mihai um den Verstand. Das Eindringen in die Wärme ihres Körpers löste ein extaseartiges Geschrei aus, das wie eine Explosion in einem vollkommenen Glücksgefühl von jeder Spannung befreit, endete. Ileana gehörte ihm.

In der Woche danach, nachdem Ileana ihre Arbeit zuhause erledigte, ging sie zu Anica, um ihr in gewohnter Weise zu helfen. Sie blieb nicht mehr bis in die Nacht hinein, so wie zuvor, Anica jedoch dachte sich nichts dabei. Ileana hatte sich Schweigepflicht verordnet, zumindest für die nächste Zeit, um sich vergewissern zu können, dass mit Mihai alles gut gehen würde. Ihre Liebe war noch so frisch, fast unwirklich, manchmal hatte sie Angst, dass sie das soeben begonnene Glück verlieren könnte. Den ganzen Tag über freute sie sich darüber, Mihai am Abend wieder zu sehen. Es war ein herrlicher Zustand, den sie verspürte; sie musste sich selbst eingestehen, dass sie Mihai liebte. Allein der Gedanke an ihn löste in ihr eine Welle der Leidenschaft aus, die ihr Herz schneller und unregelmäßiger pochen ließ. Sie wünschte, sie würde in seinen Armen liegen und im Taumel der Liebe ihm ganz zu gehören. In ihr Leben trat etwas ein, was sie nicht mehr für möglich hielt: die Arbeit tagsüber erledigte sie mit unglaublicher Leichtigkeit, kein Hindernis stand ihr im Weg, Freude erfüllte ihr Dasein.

Die Wärme des Spätfrühlings erreichte Sommertemperaturen. Die grauen, oft bedrohlich wirkenden Regenwolken, die den makellosen blauen Himmel bedeckten, gossen ihre Wassermenge viel zu schnell auf die trocken gewordene Erde ein, um danach das Gesicht der Sonne wieder frei zu geben. Es waren die üblich warmen Gewitter, die nicht immer harmlos endeten. Doch die Menschen in Poiana lernten mit den Phänomenen der Natur zu leben. Seit einem Monat arbeitete Filoti am Wochenende gemeinsam mit einem Freund beim Anbau eines neuen Zimmers bei seinem Haus. Er wollte seiner Tochter ein bisschen Luxus anbieten, sie sollte ein eigenes Zimmer haben, ein Holzboden sollte gelegt werden, sowie Tapeten auf den Wänden, das hatte er vor. Dafür hatte er jahrelang sein Geld zusammen gespart. Filoti war zweifellos ein guter Vater, er baute für seine Tochter sogar einen Kinderwagen aus Holz mit Gummirädern und wenn es seine Zeit erlaubte, führte er die Kleine voller Stolz durch die Dorfgassen. Aglaia entwickelte sich normal, sodass Anica sich keine Sorgen machen musste. Da viele Leute im Dorf noch immer der Meinung waren, Anica könnte doch kein gesundes Kind haben, weil sie angeblich eine vererbbare Krankheit hatte, die übertragbar auf ihre Kinder sein müsste, kamen die Menschen scharenweise zu Besuch, um ihre Neugierde zu befriedigen. Aglaia konnte noch so gesund sein, die bösen Zungen behaupteten, ihre Krankheit würde später zum Ausbruch kommen. Ungeachtet dessen beruhigte Filoti seine Frau und sagte ihr im liebevollen Ton: „Aglaia wird ein schönes, gemütliches und bunt tapeziertes Zimmer bekommen! Bis Herbst soll die Arbeit fertig sein, so Gott es will!" Anica legte die Kleine in seine Arme, alle beide betrachteten stumm ihre Tochter, dieses echte Glücksgefühl, das beide dabei empfanden, entbehrte jeder Notwendigkeit, dies in Worte auszudrücken. Es war alles wahr, wirklich!

Am letzen Sonnten, Ende Mai, war der Tauftermin festgelegt, jedoch die Taufe musste unerwartet um zwei Wochen verschoben werden: der Pfarrer, der sich einer Operation unterziehen musste, bekam von seinem behandelnden Arzt noch zwei Wochen Erholungszeit verordnet. Die Taufe wurde somit auf den zweiten Sonntag des Monats Juni verschoben. Doch die Vorbereitungen für die Taufe waren voll im Gange: Der Zaun rund ums Haus herum wurde repariert und frisch gestrichen, die Fenster geputzt, große Tische und Sessel aus der Nachbarschaft wurden herbei gebracht. Man hoffte auf ein trockenes Wetter, sodass die geladenen Gäste im Freien unter einer Weinrebewölbung das Fest feiern könnten. Hätte es sich das Wetter anders überlegt, hätten sie auf der Veranda Platz gefunden, die allerdings viel kleiner war.

Es war an einem Samstagvormittag, ein Tag vor Aglaias Taufe. Anica ging in den Garten hinaus, schnappte sich eine Gartenschere und fing damit an, die zum Teil abgeblühten Rosenblüten zu schneiden, um den neuen Trieben Platz zu machen. Auch der Garten sollte schön aussehen. Der Kirschenbaum, der sich ganz in der Nähe der Veranda befand, dehnte seine mit reifen Früchten behangenen Äste weit hinaus. Seine Krone spendete einen wohltuenden Schatten, doch die Rosen, die sonnenliebende Blumen sind, litten unter den dichten Schatten des Baumes. Daher beschloss sie, nach der Kirschenernte dem Baum einen radikalen Schnitt zu verpassen. Es wäre für ihn eine Verjüngungskur gewesen, während es für die Rosen bedeutete, mehr Licht zu erhalten, um schöner blühen zu können. Noch eine Stunde lang bearbeite sie auch die Gemüsebeete mit einer kurzen Hacke; das tat sie regelmäßig, während Aglaia in ihrer Holzwiege auf der Veranda schlief. Vor der Taufe musste alles seine Ordnung haben. Nachmittags, für einige Stunden, half auf Ileana mit. Doch ihre Zeit war nun knapper bemessen. Sie ging früher als sonst nach Hause, um das Abendbrot für Mihai vorzubereiten, mit ihm den Sonnenuntergang zu betrachten, die Ereignisse des Tages auszutauschen, Hände haltend, im Glück der Liebe schwelgend, das diesmal ein Leben lang halten sollte, wie sie in diesem Augenblick glaubte. Ileana beugte sich zu Mihai hin, legte ihren Kopf auf seine breiten Schultern, ihm zuflüsternd: „Unser Glück darf nie zerbrechen!"

Die große Glocke in dem Kirchenturm begann zu läuten. Die Sonntagsmesse fing an, danach folgte Aglaia`s Taufe. Die Kirche füllte sich mit Menschen, wie es nur zu Ostern oder Weihnachten der Fall war. Alle wollten Aglaia sehen, sich vergewissern, dass sie gesund war, die Taufpatin war Ileana. Sie hätte gerne gemeinsam mit Mihai das Kind vor dem Altar gehalten, jedoch waren sie nicht verheiratet und noch niemand im Dorf wusste über ihre heimliche Liebschaft, folgedessen konnten sie nicht gemeinsam die Heilige Taufe vollziehen. Die Zeremonie des Taufens dauerte eine knappe Stunde; in der Kirche befand sich ein rundförmiger Kessel mit warmen, geweihten Wasser. Der Pfarrer nahm Aglaia sanft in seine kräftigen Hände und tauchte sie dreimal hintereinander in das warme Wasser hinein. Es schien so, als würde sie Gefallen daran finden, denn sie weinte nicht. Anica und Filoti verfolgten mit Stolz die Taufrituale. Neben ihnen stand Ileana, die dann die Aufgabe hatte, das Kind nach der Taufe anzuziehen und in ihren Armen zu halten, solange, bis die Zeremonie zu Ende geführt worden war. Die Kirchenglocken schlugen zwölf Uhr. Die Kirche, die bis vor einer Stunde voll gefüllt mit Messebesucher sowie Taufgästen war, gönnte sich nach dem ganzen Rummel die Ruhe, die nur in einer Kirche so erhaben sein konnte. In Filotis Garten herrschte reges Treiben. Mihai, gemeinsam mit anderen Nachbarn, half mit die Tische in den Hof zu stellen, eben unter das Weinrankengewölbe, wo die feierliche Mahlzeit stattfinden sollte. In dem kleinen Haus war ohnehin zuwenig Platz, angesichts der Tatsache, dass etwa dreißig Personen dabei waren. Aglaia verschlief die Feier, die ihr gewidmet war; die Taufstrapazen waren ihr zuviel, sie entschloss sich, einige stunden ungestört zu schlafen. Einige Hühner hatten ihr Leben opfern müssen, für diese besondere Feier, wie Aglaias Eltern nun einmal empfanden. In ausgelassener Stimmung vergingen die Stunden. Die wärmende Sonne des Tages fiel nach und nach dem Horizont näher und ließ die Luft etwas kühler werden. Es die Zeit zum Nachhausegehen. Einige Frauen halfen mit, Anicas Haushalt wieder in Ordnung zu bringen. Von Stolz erfüllt, neben seiner Frau sitzend, leuchteten Filotis Augen wie zwei brennende

Kerzen. Fast verlegen hielt er die Hand seiner Frau in der seinen und ab und zu warfen sie zu der hölzernen Wiege, wo Aglaia friedlich schlief, ihre zufriedenen Blicke. Kein Glück dieser Welt konnte größer sein als das ihrige.

Am nächsten Tag, es war Montag, hatte sich Filoti frei genommen. Am Abend, gut gelaunt, ging er in die Dorfkneipe, um seinen alten Kumpel eine Runde Schnaps zu spendieren. Schließlich konnte er nicht das gesamte Dorf zu sich nach Hause einladen. Doch seine Freunde vergessen oder ignorieren wollte er auch nicht. Filoti zählte zu den gutmütigsten und großzügigsten Bewohnern des Dorfes. Oft genug wurde er wegen seinem gemächlichen, ruhigen Gemüt ausgelacht. Er nahm alles geduldig hin, Streit und groben Auseinandersetzungen ging er aus dem Weg. Jeden Tag nach der Arbeit füllte sich die kleine verrauchte Kneipe immer mit denselben Männern, zum großen Verdruss der Ehefrauen, die den Haushalt samt Kindern mit wenig Geld schaukeln mussten. Die Männer nahmen sich den Löwenanteil aus ihrem Einkommen und viele von ihnen kümmerten sich wenig bis gar nicht um die Sorgen der Familien – anders Filoti; auch er gönnte sich gelegentlich den kleinen Luxus ein Glas in der Kneipe zu trinken, von seinem Taschengeld, das er sich aus seinem Einkommen für sich behielt. Des Öfteren sah man ihn in tiefer Nachdenklichkeit versunken, irgendwo in einem Eck der Kneipe sitzend; er verstand nicht wie die anderen Männer das mühsam verdiente Geld für die relativ teuren harten Getränke ausgaben. Nicht selten endeten solche Trinkorgien in brutalen Raufereien und doch fand er es sinnlos, sich darüber den Kopf zu zerbrechen. Logische Erklärungen fand er nicht, also war es am Besten, damit aufzuhören. Filotis Lebenssinn galt seiner kleinen Familie. Dort fand er Glück, Harmonie und Erfüllung. „Jetzt sind wir zu Dritt", sagte er, „ich habe eine richtige Familie!" Es war seine schöne heile Welt, die er sich aufbaute und in deren Mittelpunkt nun einmal Aglaia stand. Nach einem arbeitsreichen, langen Tag freute er sich, zu seiner Familie heimzukehren, das Gesicht seiner Tochter zu betrachten und zu streicheln, seiner Frau ihre eingesunkenen Augen zu küssen und sich vom Glück treiben zu lassen. Nach dem Abendessen, während Anica ihre Stricknadeln nahm, um Socken und Fäustlinge für den Winter zu stricken, erledigte Filoti kleine Arbeiten im Haus oder im Garten. Irgendwann, spät in der Nacht, müde, jedoch zufrieden, legten sich alle Drei in dasselbe Bett. Filotis zärtliche Liebeserklärungen wie „es gibt nichts in der Welt, das ich mehr liebe als euch beide", trugen dazu bei, die Harmonie der Familie noch vollständiger zu machen.

Obwohl im Herbst die Gewitter eher eine Ausnahme waren, schien in diesem Jahr das Wetter aus der Reihe zu tanzen. Der Himmel verdunkelte sich öfters bedrohlich und vergoss unter zahlreichen Blitzen und Donner seine überflüssige Wasserlast auf der ohnehin gesättigten Erde. So auch an diesem Mittwochvormittag. Anica hatte sich vorgenommen, während Aglaia schlief, die letzten Gartenarbeiten zu erledigen. Doch das Wetter hatte etwas anderes im Sinn: die grau schwarzen Gewitterwolken breiteten wie ein Schleier auf den noch begrünten Hängen, um ihre geballte Kraft zu verkünden. In kürzester Zeit waren die Straßen im Dorf menschenleer. Jeder eilte, um unter ein Dach zu kommen. Filoti befand sich einige Kilometer von seinem Haus entfernt, wo auch seine Arbeitsstelle war. Es wurde gerade an einem Straßenbau gearbeitet und seit geraumer Zeit konzentrierte sich die ganze Arbeitskraft der Straßenbauarbeiter auf das Errichten einer Brücke, die über einem großen Schacht entstehen sollte.
Anica, die ihre kleine Tochter in den Armen hielt, saß angelehnt auf dem Bett mit dem Rücken an der Wand. Angst einflößend – das Tageslicht verdunkelte sich, alleine

die unzähligen, grellen, schnell durch die Luft sausenden Blitze, erhellten für Sekunden den zornig gewordenen Himmel auf. Anica wirkte nervös, atmete tief und hielt Aglaia mit ihren Händen fest, den Kopf über ihren Körper leicht gebeugt mit einer übersteigerten Entschlossenheit, ihre Tochter zu beschützen. Nach jedem Blitz folgte ein ohrenbetäubendes Gewittergrollen, das ihre Angst noch größer erscheinen ließ. Ein wahrer Wolkenbruch ließ eine gewaltige Lawine von Hagelkörner und Regentropfen auf die Erde niederprasseln, dessen dumpfe Geräusche ein richtiges Chaos auslösten. Sie dachte an Filoti, sie wünschte sich, er wäre nun bei ihr, vielleicht würde sie sich dann sicherer fühlen, auch weniger Angst um ihre geliebte Tochter haben. In ihrer Machtlosigkeit wandte sie ihr Gesicht zum Herrgottswinkel, wo eine heilige Ikone hing und fing zu beten an. „Heilige Maria, Mutter Gottes, erhöre meine Bitte und beschütze uns vor dem Zorn des Himmels!"

Die Wanduhr zeigte elf Uhr dreißig. Das Zwielicht des tobenden Gewitters ließ die mit Bronze umrahmte Wanduhr dunkel erscheinen. Anica saß noch immer unbewegt im Eck des Bettes in ihrem dunklen Schal eingemummt und wagte nicht einmal, die Petroleumlampe anzuzünden, um die gespenstige Stimmung zu mildern. Von ihrem Gedächtnis tauchten unweigerlich die Erinnerungen von ihrer verstorbenen Tochter auf; umso fester hielt sie Aglaia an ihrem Körper, um zu spüren, dass sie lebt. Die Wärme ihres Körpers übertrug sich auf Aglaias kleinen Körper. Anica presste sanft ihre Wangen auf den kleinen Kopf ihrer Tochter, um ihre Nähe noch intensiver zu verspüren. Vom Mutterglück erfüllt, kam ihr vor als wäre sie gewichtslos, wie ein kleiner Vogel, der nur durch seine Federn eine gewisse Größe und Gewicht erhielt. Sie küsste das kleine Köpfchen des Kindes, das noch immer friedlich schlief, umhüllt in der mütterlichen Geborgenheit, ohne die bedrohliche Gefahr des zerstörerischen Unwetters zu verstehen. Der dumpflärmende Hagel gemischt mit schweren Regentropfen wütete noch immer mit unverminderter Härte auf die Hausdächer und auf die Erde, die geduldig und mühsam die große Wassermenge in ihre unterirdischen Räume aufsammelte. Plötzlich hatte Anica ein Gefühl, als wäre ihr eigenes Haus fremd geworden, sie hatte Angst in dem Zimmer zu bleiben, sie fühlte sich nicht mehr sicher, obwohl sie alles versuchte, ihre Angstgedanken in eine andere Richtung zu bewegen. Draußen war immer noch alles laut und grell. Die Blitze und der Donner schienen kein Ende zu nehmen. Drinnen in dem Zimmer herrschte eine geheimnisvolle Stimmung, als stünde ein Unheil bevor. Anica vermisste ihren Mann sehr. Sie fürchtete, Aglaia nicht genug beschützen zu können, sie verstand selbst die Fremdheit, die sie für ihr eigenes Haus empfand, nicht mehr. Stillschweigend murmelte sie wiederholt ein leises Gebet vor sich hin.

Nach fast einer Stunde begannen sich die Wetterkapriolen, die Weltuntergangstimmung aufkommen ließen, zu beruhigen. Anicas bleiches, von Angst geprägtes Gesicht, entspannte sich etwas. Ihre sanften Blicke waren auf Aglaia fixiert, ihre ruhigen Hände streichelten die dunkelbraunen Haare und das kleine Gesicht ihrer Tochter mit rührender Lieblichkeit. Da Aglaia noch immer schlief, nahm sich Anica vor, etwas zum Essen vorzubereiten. Das tat sie jeden Tag und wenn ihr Mann am Abend von der Arbeit nach Hause kam, nahmen sie gemeinsam die Mahlzeit ein. Dabei wurden auch die Neuigkeiten des Tages ausgetauscht, sowie neue Pläne für den nächsten Tag geschmiedet. Doch an diesem Tag kamen sie dazu nicht mehr. Ein Blitz durchdrang das kleine Haus, das mit sehr viel Mühe errichtet worden war, genau in der Mitte des Zimmers, wo Anica und Aglaia sich befanden und in Sekundenschnelle das Leben der Mutter und ihrer erst einige Monate alten Tochter auslöschte. Die verkohlten

Körper lagen stundenlang unentdeckt bis in den späten Nachmittag, bis Filoti nach Hause kam. Die grauenvolle Entdeckung brachte ihn um den Verstand. Er saß kniend neben den seelenlosen Körper seiner Lieblinge und konnte nicht einmal weinen. Gott nahm ihm auf eine grausame Weise, das, was er am meisten liebte. Er war ein gebrochener Mann, der keine Zukunft und keinen Lebenssinn mehr sah. Die Lücke, die der Tod in sein Leben hervorbrachte, konnte er nicht begreifen; das Glück, eine Familie zu haben wurde ihm und Anica nur für kurze Zeit gewährt.

Als die Nacht Einzug hielt, öffnete Filoti das vom Blitz kaputte Fenster, stützte die Ellbogen auf das Fensterbrett und schaute mit schmerzerfüllten Blicken in den nächtlichen Himmel, der – wie er so empfand – ihm feindlich gesonnen war. Außer ihm wusste noch immer niemand im Dorf von der Tragödie in seinem Haus. Mit qualvollen Gemütsaufwühlungen verbrachte er die Nacht neben seiner verstorbenen Frau und Tochter. Er hatte keine Kraft mit jemandem darüber zu reden und jemanden zu verständigen. Obwohl die Herbstnacht kühl war, stand er die ganze Zeit mit aufgestützten Ellbogen am offenen Fenster. Die beklemmende Luft schnürte ihm fast das Atmen ab, er konnte und wollte mit niemandem reden, alleine seine vernichtenden Gedanken leisteten ihm Gesellschaft. Erbärmlich einsam fühlte er sich und die Dunkelheit der Nacht schien seine Traurigkeit noch mehr zu vertiefen.

Die Morgendämmerung nach dem gestrigen reinigenden Gewitter kündigte einen milden, hellen Tag an. Doch für Filoti hatte die Sonne kein Licht mehr. Die Glocke auf dem Kirchenturm blieb still, obwohl sie nach jedem im Dorf verstorbenen Menschen läuteten, um allen Dorfbewohnern kund zu machen, dass sich wieder einer aus der

Dorfgemeinschaft verabschiedet hatte. Filoti war nicht in der Lage, seine Verwandten über das Unglück in Kenntnis zu setzen. Ileana, Anicas Cousine, die es sich zur Gewohnheit machte jeden Vormittag einige Stunden mit Anica zu verbringen, verspätete sich an diesem Tag etwas. In der letzten Zeit, obwohl die Verbindung und die Freundschaft zu Anica nach wie vor innig war, hatte sie nicht mehr so viel Zeit, mit und bei ihr zu verbringen. Schließlich hatte sie einen Freund, mit dem sie die Zeit so gut wie möglich teilen wollte. Gegen Mittag machte sich Ileana auf den Weg zu Anica und staunte nicht schlecht, als sie Filoti am offenen Fenster abwesend und niedergeschlagen vorfand; unfähig etwas mit ihr zu reden. „Was ist passiert Filoti? Wo ist Anica?" Filoti fing, in seiner abgrundtiefen Verzweiflung, laut zu weinen an, wandte sich zur Tür, öffnete diese und blieb stehen, ohne ein Wort zu sagen. Währenddessen betrat Ileana das Zimmer und ein entsetzliches Geschrei hallte durch das ganze Haus. „Mein Gott, was ist hier passiert? Sag etwas! Wie sollen wir das nun durchstehen?" Filoti wandte sein verweintes Gesicht zu ihr. „Mein erstes Kind starb unerwartet und dabei brach mir das Herz. Durch die Geburt meines zweiten Kindes erhielt ich wieder Lebensmut, ich wusste warum ich lebe; Gott vergönnte mir auch dieses Glück nicht. Er nahm mir nicht nur die Kinder, auch meine Frau musste gehen." Ileana, im Schockzustand wie sie war, eilte zu dem Kirchendiener, um ihm die furchtbare Nachricht zu überbringen. Er war zuständig für das Glockengeläut, sei es für die Messen am Sonntag oder für die Verstorbenen. Filoti hatte keine Verwandte; Ileana ergriff, gemeinsam mit ihrem Freund Mihai, die Initiative und leitete die Vorbereitungen für das Begräbnis ein. Es wurde bei dem einzigen Tischler im Dorf ein Doppelsarg bestellt, der an demselben Tag angefertigt wurde. Nach dem Totengeläut erfuhr das gesamte Dorf die entsetzliche Tragödie. Es gab ein einziges Thema: Wie konnte so etwas nur passieren?

Der Sarg wurde in dem kleinen Zimmer, das Filoti für seine kliene Tochter gebaut hatte, aufgestellt. Ein herzzerreißender Anblick: Eine Mutter mit ihrem sechsmonatigen Kind nebeneinander im Tod vereint, auf einem langen Tisch, eine Art Totenbahre, der mit weißen Spitzentüchern beschmückt war.
Die tiefstehende Herbstsonne warf ihre hellen sanften Strahlen durch das Fenster und verlieh so den Verstorbenen so etwas wie einen Heiligenschein. Wie facettenreich die Launen des Himmels, angesichts dieser Tragödie, sein können; Zerstörung durch Unwetter und Blitze auf der einen Seite, Wärme und Licht auf der anderen Seite. Die nächsten Tage gingen vollkommen für die Begräbnisvorbereitungen auf. Alleine die Abende waren für die Totenwache vorgesehen. Die Verstorbenen durften in der Zeit, in der sie im Haus aufgebahrt waren, nie alleine gelassen werden. Ob Verwandte, Freunde oder Nachbarn, jeder war als Totenwache willkommen. Ileana sorgte für die notwendige Verpflegung. Nach drei Tagen Aufbewahrung erfolgte das Begräbnis auf dem Dorffriedhof, wo sich auch die Kirche befand. Das ganze Begräbnisritual erfolgte nach Ileanas Anordnungen. Filoti befand sich in einer Starre, die ihm jegliche Handlungen unmöglich machte. Der offene Sarg wurde auf einen Pferdewagen gelegt und durch das ganze Dorf im Langsamschritt gefahren, um den Verstorbenen den Abschied von ihrer irdischen Welt zu ermöglichen. Am Begräbnis nahm das ganze Dorf teil. Auch lange Zeit danach blieb diese Tragödie das Gesprächsthema Nummer Eins im Dorf und in der unmittelbaren Umgebung.

Langsam begriff Filoti seine verzweifelte Situation, die greifbare Einsamkeit, die nun in seinem Haus herrschte, schien ihn bis zur Bewusstlosigkeit zu erdrücken. Seine Gestalt wirkte wie eine Figur aus dem Waschfigurkabinett: leblos, steif und blass. Er ging nur unregelmäßig zur Arbeit und bis auf Ileana hatte niemand Zugang zu seinem Haus, geschweige denn zu seinem Herzen. Dieses Jahr, das ihm das größte Unglück brachte, näherte sich langsam dem Ende zu. Ende Novemberwetter mit seinen unfreundlichen Tagen; nicht Winter, nicht Frühling nur Nebel, feuchte Kälte und des Öfteren auch Graupelregen. Das Wetter entsprach genau den Gemütsempfindungen seiner schwer leidenden Seele. „Wenn wenigstens Weihnachten nicht so bald käme!" Die bohrenden Gedanken Weihnachten ohne seine geliebte Familie zu verbringen, glaubte er nicht überstehen zu können. Die Vertraulichkeit des täglichen Lebens, die er mit seiner Anica teilte, vermisste er so sehr, dass man ihn immer wieder stöhnen hörte. Niemals hätte er glauben können, dass das Schicksal so tiefe Schmerzen verursachen könnte.

Ileana und Mihai waren inzwischen sechzehn Monate lang ein Liebespaar. Die Liebe war für die Beiden so etwas wie eine neue Entdeckung und sie behandelten dieses neue Gebiet des Lebens sehr behutsam, als wäre dies ein zerbrechliches, kostbare Stück Porzellan. Mihai, in seiner Verliebtheit, unbekümmert und fröhlich, freute sich jeden Tag nach getaner Arbeit am Bauernhof, auf die Abende mit Ileana. Es schien ihm ein Tag schöner als der andere zu sein. Und doch lag unter seinem Frohsinn eine gewichtige Portion Ernst; manchmal wusste Ileana nicht, was sie an ihm so bedingungslos liebte –war es der fröhliche junge, der ihr manchmal unerfahren erschien oder war es der solide Mann, zu dem sie hinaufschaute?!? Im Dorf wurde schon laut über das liederliche Verhältnis der zwei Liebenden gemunkelt, die den gesitteten Gewohnheiten des Dorfes zuwiderlief. Ileana litt darunter, doch sie sprach mit Mihai nie darüber. Im Gegensatz zu ihr, kümmerte sich Mihai nicht, was die Leute dachten oder redeten. Er war glücklich, er ging seinen Weg und er wusste, dass Ileana bald seine Frau werden würde. Das war sein Geheimnis, mit dem er sie eines Tages überraschen wollte. Noch war Winter, eine unpassende Zeit zum Heiraten. Die meisten Hochzeiten im Dorf fanden im Herbst statt und zwar aus guten Gründen: die Feldarbeit war zum Großteil bereits erledigt und der frische Wein aus dem eigenen Weingarten, der unablässig bei allen Hochzeiten war, wartete schon in den Eichenfässern, auf Abnehmer und nicht zuletzt das angenehme, milde Herbstwetter, die optimale Bedingungen einer Hochzeit unter freien Himmel ermöglichte. Eine Hochzeit bedeutete eine hohe Geldausgabe, zumal Mihai ein angesehener Bauer im Dorf war. Alles an Geld, was nicht gerade für wichtige Sachen im Bauernhof gebraucht wurde, legte er für seine Hochzeit auf die Seite. Schließlich sollte dieses Fest alle anderen übertreffen. Die Dorfbewohner sollten noch lange Zeit über seine Vermählung mit der schönen Ileana reden. Das hatte er sich als Ziel gesetzt. Ileana, unwissend über seine Pläne, grämte sich oft genug über das unfreundliche Gerede im Dorf, jedoch wenn Mihai abends zu ihr kam, war sie glücklich, sie hielt seine Hand fest und spürte, dass sie an seinem Leben teilnahm, dass er ihr gehörte, sie fühlte die innere Harmonie und war zufrieden und dankbar.

In der gemütlichen Stube, die Ileana liebevoll einrichtete, flackerte hell und warm das Kaminfeuer. Zum Abendbrot tranken sie jetzt im Winter Glühmost. Eines Abends, irgendwo im Obstgarten, schrie eine Eule so laut sie konnte; dem Aberglauben nach soll dieses Eulengeschrei Unglück ins Haus bringen. Das veranlasste Ileana ihn zu fragen, ob er sie für immer lieben würde. Mihai amüsierte diese kindliche Frage, doch er beantwortete dies mit einer Gegenfrage: „Willst du mich heiraten, Ileana?" Diese völlig unerwartete Frage verblüffte sie und brachte sie momentan aus der Fassung. Etwas beunruhigt schloss sie für einige Augenblicke die Augen, um für diese berührende Frage die Antwort zu finden.

„Liebster, die einzige Gewalt, die ich über dich habe, ist die Liebe; wenn dir das ausreicht – Ja, ich will deine Frau werden!" Während Mihai stumm zuhörte, wuchs in ihm das Gefühl, dass es das Schicksal mit ihm gut meinte. Die Gedanken, bald ein behagliches Familienleben zu führen, Kinder zu bekommen, seinen Bauernhof gemeinsam mit einer tüchtigen und klugen Frau auf ein hohes Ansehen zu bringen, verlieh ihm eine euphorische Stimmung. Seine Absicht, Ileana heiraten zu wollen, besprach er zuvor in seinem engsten Familienkreis, um später unangenehme Überraschungen zu vermeiden. Das tat er auch anstandshalber, denn sein Beschluss, Ileana zu heiraten stand ohnehin fest - mit oder ohne Einverständnis der Familie. Wenn Ileana auch nicht die ideale Schwiegertochter für seine Eltern war, versuchten sie nicht ihrem Sohn Steine in den Weg zu legen. Sie haben sich ihm gegenüber doch verständnisvoll gezeigt. Ileana glaubte fest an die Beständigkeit ihres Glückes sowie an ihre tief empfundenen Gefühle für Mihai.

An den rauen Winterabenden in der warm heimeligen Wohnung, halb im Dunkeln, während ihre Hand auf seiner Brust ruhte, schmiedete sie Zukunftspläne über das gemeinsame Leben mit ihm. Durch die zugezogenen Vorhänge drang ein schmales, gelbes Licht, das die romantische Stimmung der Liebenden verstärkte. Mihai drückte seinen Kopf ins Kissen und ließ sich in das halbe Licht des Mondes, das zögerlich ins Zimmer drang, in die Welt der Träume führen. Mihai war an sich ein Mensch der Logik; er ordnete die Dinge nach seinem Verstand, jedoch in der Gegenwart seiner Geliebten folgte er seinen Gefühlen mehr als seinem Verstand. Er musste feststellen, dass in der Liebe das Gefühl und der Verstand im Widerspruch standen. Er liebte Ileana so wie sie war, nur sie wollte er heiraten, obwohl seine Eltern lieber eine reiche Bauerstochter hätten.

Der Winter begann an Kälte zu verlieren; langsam unter den noch schüchtern wärmenden Sonnenstrahlen schmolz der matschig gewordene Schnee dahin, um den ersten Schneerosen Platz zu machen.

Es war Sonntag und Ileana bereitete das Mittagessen vor, während Mihai einige Reparaturen am Gartenzaun, die schon längst fällig waren, erledigte. Ileanas Haus lag am Hang, hoch über dem Tal. Hinter dem Rücken des Hauses dehnten sich fruchtbare Ackerfelder, die sich bis zu einem alten Eichenwald ausdehnten. Am Anfang des Waldes, aus tiefen Quellen, sprudelte an die Oberfläche klares, kühles Trinkwasser, das von den Dorfbewohnern besonders geschätzt wurde. Angeblich hatte das Wasser heilende Kräfte. Die Leute behaupteten, dass diese Quelle mehr Geheimnisse in sich verbarg, als sich jemals jemand vorstellen könnte und manchmal gab sie eins von diesen frei: Zum Beispiel wurde erzählt, dass eine Frau aus dem Dorf, die fast blind war, nach dem sie ein ganzes Jahr das Gesicht mit dem heilenden Wasser gewaschen hatte, wieder sehen konnte. Oder ein junges Mädchen, wenn es wollte, dass ihr Geliebter sie heiraten sollte, gab sie ihm jedes Mal, wenn er zu Besuch war, stets ein Glas Wein und ein Glas Quellwasser. Angeblich hatte dieses Ritual des Öfteren Wunder gewirkt.

Inzwischen bereite Ileana das Mahl zu: Polenta mit selbstgemachten Topfen als Vorspeise, anschließend Bohnengulasch, ein scharfes, köstliches, bodenständiges Gericht, das sehr oft auf den Tischen im Dorf serviert wurde. Ileana war eine Frau, die ein geregeltes Leben liebte und führte - sie schätzte Pünktlichkeit und Fleiß und legte Wert auf ein ordentliches, gepflegtes Aussehen. Während des Essens unterhielten sich die beiden über die Tagesgeschehnisse, bis in die Nacht hinein. Das Hauptthema der Unterhaltung war die bevorstehende Hochzeit, die im Spätsommer stattfinden sollte. Es war erhabene Vorfreude, begleitet von schönen Gedanken, welche die

Zeit bis zu dem schönen Tag Genuss verbreiten ließ. Mihai verbrachte die Nächte mit Selbstverständlichkeit mit Ileana in ihrem Bett, obwohl solche Situationen als unsittlich galten. Doch sie kümmerte sich nicht mehr um den Dorfklatsch und nahm ihre Liebe als gottgewollt hin; sie waren dem Allmächtigen dankbar, er alleine hatte die lenkende Hand darüber, ihm allein galt das bedingungslose Vertrauen, dass alles gut gehen würde. Sie machten keinen Hehl mehr aus ihrer Liebe, denn alle im Dorf wussten ohnehin davon. Obwohl die Hochzeit noch bevorstand, hatte man den Eindruck, dass Ileana und Mihai in nie zu Ende gehen wollenden Flitterwochen waren. Die Nacht beanspruchte ihren Tribut – den Schlaf. Mihai schmiegte sich nach dem arbeitsreichen Tag an Ileanas Körper an, während ihre angenehme Körperwärme ihn in die verführerische Welt der Liebe führte. Als die zwei aufwachten, stieg die Sonne – ein praller orangefarbener Ball – aus dem östlichen Horizont dem Himmel empor. Mihai schnupperte die frische Morgenluft und sagte: „Heute wird ein schöner Tag werden, zumindest genauso schön wie diese Nacht, die zu schnell zu Ende ging." Mit einer zärtlichen Bewegung berührte er Ileanas Hand und spürte wie ein Übermaß an Glück sein Dasein erfüllte: „Ich liebe dich". Sie bekam Tränen in den Augen, blickte ihn liebevoll an und flüsterte ihm leise zu: „Lass uns frühstücken!" Doch er hatte das Bedürfnis, sie mit seiner Liebe zuzudecken, um sie zu beschützen. Die frische Brise des Morgens durchdrang sanft das offene Fenster in die kleine Küche hinein, während Ileana den duftenden Kräutertee aufgoss. Ein arbeitsreicher Tag stand ihnen bevor. Die tägliche Arbeit verrichteten sie getrennt – jeder in seinem eigenen Bereich. Er öffnete die Küchentüre und verabschiedete sich von Ileana mit einem Lippenkuss, sprang fast übermütig die paar Stufen hinunter und ging den Weg zu seinem Bauernhof, wo er den Arbeitstag zu verbringen hatte. Unter der wärmenden Märzsonne begannen die Ackerfelder zu dampfen. Die Luft roch nach frischer Erde, die Knospen der Obstbäume, glücklich die Kälte überstanden zu haben, öffneten sich jeden Tag ein bisschen mehr, um den Bienenvölkern Nahrung anzubieten. Der Frühling bedeutet auch für Ileana viel Arbeit. Sie hatte nicht nur ihren sondern auch Filotis Garten zu betreuen, der nun alleine vom Schicksal schwer betroffen und von Ileanas Hilfe abhängig war. Der Tod seiner geliebten Frau und Tochter machten ihn untröstlich. Er war nur noch ein Schatten seiner Selbst; konnte sich mit seinem Schicksal nicht abfinden. Des Öfteren fand ihn Ileana, wie er seinen traurigen Gedanken nachhing, als würde er in einer anderen Welt leben. Das tatsächliche Leben war für ihn vorbei, der Verlust seiner kleinen Familie war mit Nichts zu ersetzen. Manchmal fand Ileana ihn angetrunken, sie betrachtete seine roten Augen und die Ringe darunter, was darauf hindeutete, dass er manche Nächte überhaupt nicht schlief. Das Leben schien ihm so unwirklich, unmenschlich, voller Grauen. Die Kneipe, die er früher wenig beachtete, wurde zum fixen Bestandteil seines Lebens. Ileana war die einzige Person, die nach ihm schaute, ihm etwas zu Essen brachte und den Haushalt einigermaßen in Ordnung hielt. Am Wochenende war er den ganzen Tag zuhause und verbrachte die Zeit in seinem großen Garten, den er gelegentlich pflegte, mit der Absicht Ileana als Erbin für sein Haus einzusetzen. Filoti und Mihai konnten nie eine Freundschaft zueinander aufbauen. Nur Ileana war seine alleinige Bezugsperson. Er vertraute ihr, nur sie wollte er jeden Tag sehen, mit ihr reden, einfach viel reden. Sie hätte sein Haus samt den großen Garten schon haben können, bei ihm einziehen; er hätte für sie Tag und Nacht geschuftet, um Geld zu verdienen, wenn sie nur seinen Haushalt schaukeln könnte und er nicht mehr mutterseelenallein sein würde. Allein zu sein tat ihm weh, er kehrte deshalb nach der Arbeit gleich in die Kneipe, wo er meistens über den Durst trank, um die Last der Einsamkeit zu verdrängen. Irgendwann, spät in der Nacht, ging er den weiten Weg nach Hause. Im Zimmer, wo seine Frau und seine kleine Tochter aufgebahrt gewesen waren, konnte er den Geruch des Todes und den vielen brennenden Kerzen von damals, die auch nach vielen Monaten schwer sein Gemüt erdrückten, wahrnehmen. Welch Albtraum, sein Leben!

Es war Spätsommer des Jahres 1955: Der Hochzeitstermin von Mihai und Ileana stand fest; Ende September sollte das Paar verehelicht werden. Das ganze Dorf sollte daran teilnehmen. Ileana sollte die schönste Braut sein, ihr Brautkleid, wurde mit den schönsten Stickereien beschmückt. Mihais Bruder Costel wurde gemeinsam mit seiner Frau Stela als Trauzeugen bestellt. Der Bauernhof stand ganz im Zeichen der Hochzeitsfeierlichkeiten. Das ganze Haus wurde auf den Kopf gestellt, die Wände wurden frisch gestrichen, die Fenster mit neuen Vorhängen behängt, alles im Innenhof wurde auf Hochglanz gebracht. Mit jedem Tag rückte auch der Termin näher, alle Dorfbewohner redeten darüber, sei es am Sonntag in der Kirche, in der Kneipe oder einfach in der Nachbarschaft. Der Tratsch war nicht gerade klein. Viele fanden, dass Ileana nicht die passende Frau für Mihai war, zumal sie keinen Bauernhof hatte, daher auch zuwenig Mitgift in die Ehe mitbrachte. Andere wiederum vertraten die Meinung, dass gerade sie durch ihren Fleiß und Geschick Mihais Bauernhof zu hohem Ansehen verhelfen würde.

Anfang September begann im Dorf die Weinlese, da auf sonnigen Hängen rund um das Dorf herum, sich weite Weingärten ausdehnten. Der neue Wein musste bis zur Hochzeit ausgegärt sein, denn ohne Wein keine Hochzeit. Die ausgereiften Weintrauben auf den Weinstöcken, protzig hängend, glänzten um die Wette mit der Sonne, als könnten sie ahnen, dass in diesem Herbst eine besonders gute Ernte sein würde. Die Weinlese dauerte meistens zwei, drei Wochen.

Samstag, ein Tag vor der Hochzeit:
Den ganzen Tag über bearbeiteten alle weiblichen Verwandten, wie auch viele Nachbarinnen, den Dorfsitten entsprechend, Unmenge von Junghühnern. (Federn rupfen, sauber waschen, ausnehmen). Die ganze Nacht von Samstag auf Sonntag wurde gekocht und gebacken. Das Fleisch wurde zum Teil zu einer Suppe verkocht, die Brust – und Keulenteile wurden in dem mit Holz geheizten Ofen gebraten. Sonntag in aller Früh, gingen von den Brautleuten beauftragte männlichen Personen mit einer Flasche selbst gebranntem Schnaps von Haus zu Haus, um jeden persönlich zur Hochzeit einzuladen. Die Trauzeugin, gemeinsam mit zwei jungen Mädchen, ging zu der Braut, die noch immer bei ihr zuhause war und half ihr, das Brautkleid anzuziehen, wie auch den Kopfschmuck, der kunstvoll bestickt war in der Form einer Krone, auf dem Kopf zu befestigen. Die Altbäuerin, gefolgt von einer großen Hochzeitsgesellschaft, begleitete den Bräutigam auf dem Weg zu seiner Braut. In ausgelassener Stimmung gingen sie anschließend alle in die Kirche, wo die Traufeierlichkeiten stattfanden. Die unzähligen Tische in dem Bauernhof waren schön für das Hochzeitsmahl gedeckt. Über zweihundert Gäste waren zum Essen eingeladen. Die Musik spielte pausenlos flotte Volkslieder; zum Tanzen oder einfach nur zum Hinhören. Fast jeder bekam ein Stück Kuchen und ein Glas Wein. Mihai wollte sich keine schlechte Nachrede anhören; bis Montagvormittag dauerte die großzügige Hochzeit von Mihai und Ileana. Lange Zeit danach wurde in der ganzen Umgebung darüber geredet, was dies alles gekostet haben mag und ob man mit dem guten Geld nicht etwas Besseres hätte machen können und überhaupt: so großartig hatte er dann doch wieder nicht geheiratet; „Was hat sie schon in die Ehe

mitgebracht?", fragten sich die bösen Zungen. Doch einige Wochen nach der Hochzeit legte sich das Gerede. Ileana lebte nun in dem Bauernhof, wo sie eine gewisse Zeit benötigte, um sich einzugewöhnen. Die alten Bauernleute wohnten in demselben Gebäude, auch nach der Übergabe des Hofes. Sie machten sich zur Aufgabe, jede Woche Ileana zu fragen, ob der Hoferbe nicht schon unterwegs wäre. Der Druck, den sie seitens ihrer Schwiegerleute verspürte, trug bei Gott nicht zu einem harmonischen und zufriedenen Zusammenleben bei.

Als sie nach einem Jahr noch immer nicht schwanger wurde, beunruhigte dies auch Mihai. Der Bauernhof befand sich in der dritten Generation und für ihn war klar, dass sein Kind das Erbe der Familie weiterführen sollte. Ileanas Hauptbeschäftigung war der Gemüseanbau, sowohl in dem Garten des Bauernhofes, als auch in ihrem Garten, denn sie hatte ihr Haus nach wie vor. Das Gemüse verkaufte sie zum Teil an die Dorfbewohner und zum Teil an einen Gemüsehändler, doch ein kleiner Rest blieb der Familie erhalten. Ihre Tüchtigkeit, ihr Fleiß wurde nie in Frage gestellt, jedoch angesichts der Vermutung, keine Kinder zu bekommen, zählte alles andere nicht mehr viel, auch nicht in den Augen ihres Mannes. Die große Liebe, an die sie uneingeschränkt glaubte, bekam die ersten Risse. Jedoch die Hoffnung schwanger zu werden, lebte noch. Obwohl ihr die Arbeit nie ausging, fand sie zumindest einmal in der Woche Zeit, Filoti zu besuchen, mit ihm zu reden und den Haushalt in Ordnung zu bringen. Sie wusste, dass ihre Besuche für Filoti die einzigen Lichtblicke in seinem Leben waren. Das gab ihm mittlerweile genug Kraft, um seine Arbeit beim Straßenbau wieder ordentlich durchzuführen, er fühlte sich nicht mehr ganz so alleine. Er spürte instinktiv, dass mit Ileana etwas nicht stimmte, jedoch er fragte nicht nach, er hoffte, dass die Zeit für ihn arbeiten würde. In den einsamen Tagen, ganz seinen Gedanken hingegeben, die in ihm tief bohrten, sich nicht schützen

könnend, durchlebte er traurige Momente, indem er sich, wenn auch nur gelegentlich, fragte: „Wozu noch leben?" Und doch in klaren Augenblicken war er der Meinung, der Mensch musste alles überwinden, wenn er überleben will, ohne seiner Umgebung die eigenen Schwächen zur Schau zu tragen. Dann tröstete er sich selbst damit, dass er nicht der Einzige auf dieser Welt war, der leiden musste. Gut möglich, dass andere viel mehr ertragen mussten als er. Seine immer wieder kehrenden Gedanken an seine verstorbene Frau machten ihm noch einmal deutlich, wie groß dieser Verlust für ihn war. Und doch: der Tod tritt nur einmal ein, er erschüttert uns nur einmal und dann, unbemerkt, um sich dann ganz langsam in die Vergangenheit zurück zu reihen, um uns zu ermöglichen, uns von diesem Schmerz befreien zu können. Noch war er nicht so weit. Sein Kummer war allgegenwärtig, vor allem in der Nacht. Alleine Ileana unterbrach mit ihren kurzen Besuchen seine Tristesse. Wenn er das Klopfen an der Türe hörte, lief er durch das kleine Zimmer, um Ileana herein zu lassen, während seine verdunkelten Augen plötzlich zu leuchten begannen. Er wusste nicht genau, was er für diese Frau empfand: war es, wenn auch nur für kurze Zeit, Zerstreuung, Gedankenablenkung oder war es verborgene Liebe? Er sprach oft mit sich selbst, wie schwer doch die Seele des Menschen ist, sei es auch die eigene. Allzu gern hätte er Klarheit über seine Gefühle zu Ileana. Aber er musste feststellen, dass es schwer war, diese Situation zu beurteilen. Nie, kein einziges Mal, hatte er sich getraut Ileana über seine Empfindungen, die er offensichtlich doch hatte, zu sprechen. Wie denn auch? Er trauerte doch noch um seine Frau. Sich einer anderen zu offenbaren, bedeutete für ihn ein Treuebruch.
In den Nächten, die ihm so viel Schlaflosigkeit bereiteten, lag er ausgestreckt zwischen Kissen und Bettdecke mit offenen Augen; in dem trüben Licht der Petroleumlampe blickte er auf die weiße Wand, wo das Bild, das seine Frau

und seine Tochter zeigte, hing und konnte dabei die Sinnlosigkeit des Todes nicht begreifen. „Die Fragen, die man nicht beantworten kann, soll man sich gar nicht stellen."

Der Tratsch im Dorf, ob Ileana schwanger werden würde, nahm kein Ende. Es schien so, als würde in jeder Frau ein Frauenarzt schlummern, so viele Diagnosen wurden erstellt, um Ileanas angebliche Unfruchtbarkeit zu erklären. Die Schadenfreude und das Gerede taten ihr weh, doch alles wäre leicht zu ertragen gewesen, wenn Mihai, der Mann, den sie noch immer bedingungslos liebte, zu ihr stehen würde. Auch dann, wenn sie ihm niemals ein Kind gebären können würde. Die Schwiegerleute fühlten sich mittlerweile in ihrer Meinung bestätigt, dass Ileana doch nicht die richtige Frau für ihren Sohn war. Untröstlich über ihr, wie sie glaubte, zerschlagenes Leben, weinte Ileana oft, doch zugleich akzeptierend: sollte das Schicksal es mit ihr so vorhaben, so wäre sie bereit, einen Neuanfang zu machen. Während diesen nachdenklichen Augenblicken konnte kein Lärm, kein Laut von der Außenwelt in ihre Seele eindringen, sie von ihren Empfindungen ablenken, ihr die Angst, Mihai zu verlieren, nehmen. Ja, die verfluchte Angst, die sich durch die Dunkelheit ihres verletzten Inneren bahnte, raubte ihr viel Vertrauen. Doch ihr Geist blieb wach, signalisierte ihr, wenn auch schwach, dass es in ihrem Leben doch einen Lichtblick gab – Filoti. Er konnte sie vor Bösem schützen, er brauchte sie wie das tägliche Brot um zu überleben, durch sie konnte er stark werden und – wer traut es sich anders zu behaupten? – glücklich machen. Die Tage verronnen im gleichmäßigen Rhythmus während Ileana bemüht, war ihrem farblosen Eheleben, wenn auch mit großer Anstrengung, doch noch eine Chance zu geben. Noch lebte in ihr die Hoffnung, schwanger zu werden, ein Kind zu bekommen – den vielersehnten Hoferben. Sie war eine gesunde Frau von mittlerer Statur, die Oberschenkel etwas abgerundet, jedoch nicht dick – es stand ihr gut, so wie sie war. Sie konnte sich nicht erinnern, einmal krank gewesen zu sein. Zum Frauenarzt zu gehen, war unüblich im Dorf, ja fast suspekt. Eine Frau, die keine Kinder gebären konnte, aus welchem Grund auch immer, wurde von der Dorfgemeinschaft geächtet. Doch Ileana wollte sich mit diesem stiefmütterlichen Schicksal nicht abfinden; eine innere Stimme sagte ihr, dass sie gewiss in der Lage war, Mutter zu werden. Wäre doch gut möglich gewesen, dass Mihai keine Kinder zeugen konnte, jedoch mit ihm darüber zu reden während ein Ding der Unmöglichkeit gewesen. So etwas gab es nicht in seiner Familie. Die Anschuldigungen, keine Kinder bekommen zu können, lastete ausschließlich auf den Schultern der Frauen, wenn auch noch so ungerecht diese Behauptungen waren. Mittlerweile waren Mihai und Ileana knappe zwei Jahre verheiratet. Doch in den letzten zwei, drei Monaten verschlechterte sich zusehend das Eheleben der beiden. Einst, eine glühende Liebe, die versprach, ein Leben lang zu brennen, erlosch allmählich und wie es schien – auch unwiderruflich. Man sah Ileana des Öfteren mit gesenktem Kopf zu ihrem Haus gehend, es schauderte sie, wenn sie an jene Momente dachte, in denen Mihai sie nicht mehr als seine Ehefrau erachtete und es ihm am Liebsten gewesen wäre, wenn sie den Bauernhof verlassen würde. Unweigerlich ging ihr der Gedanke durch den Geist, die sie an die glückliche Zeit vor der Hochzeit, so wie auch die Monate danach, erinnerte. In diesen Augenblicken fällte sie harte Urteile über ihren Mann; ein Feigling mit schwachem Charakter. So erleichterte sie ihre Seele und war mit sich selbst zufrieden. Auch in materieller Hinsicht befand sie sich in einer abgesicherten Lage - sie hatte noch immer ihr kleines Haus samt Garten in Besitz, was ihr ein bescheidenes Einkommen sicherte, somit war sie auf Mihai nicht angewiesen.

Noch übernachtete sie bei ihrem Mann. In den Spätabenden knisterte das Kaminfeuer und eine behagliche Wärme zauberte sich in die Bauernstube. Unzählige Wachträume flossen ihr durch den Kopf; sie streckte die Hand nach der Petroleumlampe, um das Licht abzudrehen; allein der Schein des Feuers tanzte wie auf einer Leinwand seine eigenen Lichtspiele. In dieser fast mystischen Stimmung schien es ihr so, als würde sie in ihrer inneren Quelle Kraft und Hoffnung entdecken, die sie benötigte und auf die sie sich verlassen könnte. Gefahren aus dem Weg zu gehen, davonzulaufen, kam für sie nicht in Frage, selbst wenn es oft mit Leid verbunden war. Das Leben zu fürchten hieß für sie Feigheit. Sie wollte mutig sein, tapfer, an dem Leben mit allen Facetten teilnehmen. Ileana war eine Kämpferin. Sie hatte ihre Lebensprinzipien und danach wollte sie leben, mit oder ohne Mihai. Im Geiste hatte sie schon den entscheidenden Schritt vollzogen, sich von Mihai zu trennen. Ihre innere Unruhe, die ihr so viele schlaflose Nächte bescherten, legte sich. Mihai war ein Fremder für sie geworden. Stumm saß sie abends in der Bauernstube, die Strickwolle in der Hand, während Mihai auf einem Sofa, gestützt auf einem Ellbogen, in den Zeitungen blätterte. Überzeugt von ihren Entscheidungen unterbrach Ileana die bedrohliche Stille des Zimmers. Es fiel ihr leicht, sich aufzurichten und mit einer fast tyrannischen Stimme mit durchdringenden Blicken, mit einem Gefühl von angehender Freiheit, mit einer Ruhe, die man nur dann hat, wenn man mit sich selbst Frieden schließt, sprach sie ihn an: „Ich, denke du wirst verstehen, was ich dir zu sagen habe. In einigen Sätzen wird das Wesentliche gesagt sein. Zwinge mich nicht alle meine Gedanken, die mir augenblicklich durch den Kopf gehen und die zum Teil furchtbar, ja sogar entsetzlich sind, auszusprechen. Es war gewiss eine Zeit, in der ich dich liebte, mehr als alles andere auf der Welt. Der Himmel ist mein Zeuge. Ich konnte es nicht glauben, dass diese Liebe ein Ende gefunden hat. Das war sehr verletzend und schmerzhaft für mich. Ich litt schrecklich darunter, du warst für mich mein vertrauter Freund, mein Geliebter, mein Mann. Doch ich merkte, dass deine Liebe zu mir dann endete, als ich nach zwei Jahren Ehe noch immer nicht schwanger wurde. Nur die Geburt eines Kindes hätte mir die Chance gegeben, vollständiges Mitglied deiner Familie zu werden. Da dies bis jetzt noch nicht der Fall ist, habe ich mich entschieden, dich zu verlassen. Ich ertrage die Demütigungen, denen ich täglich ausgesetzt bin, nicht mehr - so werde ich wieder in mein Haus einziehen." Ileana war froh und erleichtert, wenn auch ihre Worte einen bitteren Nachgeschmack hinterließen. Mihai stand von seinem Sofa auf, ging zum Kamin wo das Feuer noch immer leicht flackerte, schenkte sich ein Glas Wein ein, das er in einem Schluck austrank, als würde er sich Mut holen wollen, bevor er Ileana antwortete. Er hielt eine Weile inne, versuchte seinen Kummer, den er doch spürte, zu verdrängen, dann begann er mit ruhiger Stimme zu reden: „Der Bauernhof besteht seit drei Generationen. Mein sehnlichster Wunsch war und ist, dass mein Sohn die Tradition weiter führen sollte, dass unser Name weiterhin besteht. Ein Sohn bedeutet für mich die Erfüllung meines Daseins." Ileana war seine Liebe, mit ihr wollte er den Bauernhof führen und Kinder haben. Es kam anders und das tat auch ihm weh. Mihai schenkte sich wieder Wein ein, setzte sich auf seinem Sofa nieder; er wirkte niedergeschlagen und doch wollte er nicht als Schwächling da stehen. Während er redete, bemühte sich Ileana ihre Enttäuschung zu überwinden und war selbst erstaunt, mit welcher Ruhe sie bereit war, ihm zuzuhören. Selbst wenn sie sich gedemütigt und erniedrigt fühlte, musste sie sich mit dieser Situation abfinden. Ihr war bewusst, dass sie an Mihais Leben nicht mehr teilhaben konnte, aber sie war kraftvoll genug, um das Leben neu anzupacken. Die schwarze Wolke, die über ihr schwebte, wollte sie nicht sehen. Er sprach kein Wort mehr, ging langsam zur Türe, blickte einen Augenblick zurück; sie sahen sich einige Sekunden lang in die Augen und dann ging Mihai über die alten Wendeltreppen ins Schlafzimmer hinauf, während Ileana in der Bauernstube auf dem Sofa die ganze Nacht verbrachte - an Schlafen war nicht zu denken.

Im Kamin verglühten bereits die letzten Holzscheite, doch sie legte nicht mehr nach. Aus dem Nebenzimmer holte sie einen großen Koffer und fing an, ihre Sachen einzupacken. Es waren ihre persönlichen Sachen und alles, was sie anfasste, war mit Erinnerungen an Mihai behaftet. Der rote Pullover, den er ihr voriges Jahr zu Ostern schenkte, das Brokatkleid, das sie am Sonntag in der Kirche trug, eine Silberkette mit einem Kreuz als Anhänger – ein Geschenk, das er ihr zur Hochzeit machte und es deshalb besonders schmerzte. Die Bauernstube lag im Halbdunkeln; durch die zugezogenen weißen Vorhängen drang ein schwaches Morgenlicht, das dem Zimmer ein mystisches Flair einhauchte. Die Morgendämmerung war nicht mehr aufzuhalten. Es war die erste Nacht, in der sie nicht mehr im gemeinsamen Schlafzimmer schlief. Für Ileana bedeutete das die endgültige eheliche Trennung. Sie wollte weggehen bevor Mihai aufwachte, jedoch, als er ihre Absichten ahnte, kam er in die Stube, bereits vor dem Tageseinbruch. Mit ihr das letzte Frühstück einzunehmen, stimmte ihn traurig, zumindest empfand er so in dem Augenblick. Ileana trank eine Tasse Kräutertee und aß ein Marmeladenbrot dazu. Entgegen ihre Erwartungen machte sich das Gefühl breit, befreit zu sein; befreit von haltlosen Anschuldigungen, von feindseligem Gerede und nicht zuletzt, befreit von ihrem Noch–Ehemann, dem sie alles an Liebe schenkte, ihm vertraute, mit ihm das Leben bis zuletzt teilen wollte, doch nun musste sie feststellen, dass er sich ihrer Liebe nicht als würdig erwies. Nach dem kargen Frühstück, obwohl Mihai sie mit dem Pferdewagen nach

Hause bringen wollte, das sich auf einem sanften mit Akazienbäumen bewachsenen Hügel befand, ging sie alleine mit einem Koffer zu Fuß den Hang hinauf. Sie befand sich in einem schockähnlichen Zustand, anders konnte sie sich ihre Gleichgültigkeit nicht erklären. Die restlichen Sachen, die noch auf dem Bauernhof geblieben waren, hätte sie am Spätabend noch bevor er von der Feldarbeit nach Hause kam, geholt. Sei wollte die neugierigen Blicke der Nachbarn vermeiden. Die Zeit bis zum Abend schleppte sich mühsam dahin. Den ganzen Tag über gingen ihr die alten Erinnerungen durch den Kopf, die ihr klarer vorkamen, als die Kummersorgen der Gegenwart und trotzdem – erstaunlicherweise – empfand sie eine gewisse Distanz zu all dem, was sie einige Jahre hindurch so stark in Anspruch nahm. Sie schaute stundenlang durch ihre Küchenfenster in den Garten, der angesichts der totalen Winterstille regungslos wirkte. Die laublosen Obstbäume dessen verdorrten Blätter die matschige Erde bedeckten und die ihr so vertraut waren, vermittelten ihr das Gefühl, daheim zu sein. Sie wollte ihre Grübeleien und ihren Kummer beendet wissen. Am liebsten hätte sie ein Grab in ihrem Garten ausgegraben, um ihre Vergangenheit rund um ihre Ehe verscharren zu können. Obwohl Ileana einige Stunden lang, bevor sie den Bauernhof verließ, ein Gefühl der Befreiung verspürte, stelle sich heraus, dass sie der Trennungsschmerz schleichend einholte. Am Abend bekam sie starke Magenschmerzen, ihr wurde schlecht, obwohl sie den ganzen Tag nichts Essbares zu sich nahm. Sie war nicht in der Lage, wie geplant, die restlichen persönlichen Sachen aus dem Bauernhof zu holen. Zwischen Wachen und Träumen, zwischen Gleichgültigkeit und Sorgenausbrüchen, zwischen Bangen und Hoffen hin und her gerissen, war sie froh, als sie den Tagesanbruch durch das Fenster erblickte. Von sich selbst überrascht bemerkte sie, dass einige Tränen über ihr Gesicht rollten, die sie mit einer leichten Handbewegung weg wischte. Was würde der neue

Tag bringen? Ein Tag ohne Mihai? Ohne die geregelte Arbeit am Bauernhof?
Die milden Lufttemperaturen machten aufmerksam, dass der Frühling begann. Sei musste sich langsam an das neue Altleben gewöhnen. Sie öffnete die Haustüre, ging einige Schritte auf dem schmalen Terrassengang, der sich auf der Ostseite des kleinen Hauses befand, blickte einige Zeit in die Weite des rötlichen Horizonts, der sich scheinbar an der Hangkante anlehnte, um den Sonnenaufgang zu verkünden. Sie ging durch den Garten, durch die Marillenbaumreihen, dessen Knospen ungeduldig zur Weißrosablüten, lieber heute als morgen, aufgehen wollten, die großen Gemüsebeete, die fast zwei Jahre lang Ileanas Aufmerksamkeit vermissten. Die Rosen, die sich ganz vorne beim Tor links und rechts auf eine Allee ausreihten, waren von überflüssigen, wilden Zweigen überwuchert. Vernachlässigung waren sie nicht gewohnt. Ein Hauch Schwermut schlich sich in ihre Seele, sie brauchte doch einige Zeit, um die Gedanken nach vorne zu lenken, ihrem Leben einen neuen Sinn zu geben. Die Vernachlässigungen ihres Gartens versuchte sie gar nicht zu rechtfertigen, viel wichtiger erschien ihr die Absicht in der Zukunft die Gartenarbeit zur Hauptaufgabe ihres Lebens zu machen, ganz so wie es früher war. Geschwächt und müde ging sie ins Haus und setzte sich in den alten, aber bequemen Sessel hinein, den sie als Erbstück von ihrer verstorbenen Tante erhalten hatte. Ihre Tante Eugenia war für sie wie eine Mutter gewesen, doch sie starb viel zu früh an einer Krankheit. Damals war Ileana noch ein Kind, doch die Erinnerungen an sie blieben lebhaft.
Gegen Mittag kochte sie eine Erdäpfelsuppe, denn sehr viel mehr hatte sie nicht im Haus. Am Abend, sie wollte sich gerade auf den Weg zu Mihai machen, um die restlichen Sachen zu holen, sah sie den Pferdewagen vor ihrem Tor stehen. Auch ihre Schwiegereltern waren dabei. Sie verspürte ein Zittern am ganzen Körper, am Liebsten hätte

sie sich im Haus vor ihnen eingesperrt, sie wollte diese Menschen, die auch sehr viel Schuld an ihrer gescheiterten Ehe trugen, nicht sehen, sie wollte mit ihnen nicht reden. Andererseits wollte sie ihnen mit aufrechtem Gang und gerader Haltung begegnen, keine Schwäche verraten, ihnen zeigen, dass sie ihr Leben auch ohne Mihai im Griff hatte. Diese überraschende Begegnung dauerte wenige Minuten, Zeit, in der die Schwiegereltern die Koffer abluden. Einige Zeit danach hörte sie noch immer den lauten Klang des Pferdewagens auf den holprigen Landwegen, dann kehrte die Stille wieder ein. Alleine zu sein erschien ihr doch den einen oder anderen Vorteil zu haben. Am Abend zündete sie das Feuer im alten Kamin an und sie spürte die Wärme und die Ruhe in ihrer vertrauten Welt. Unter ihrer Abwesenheit litt auch das Haus; die Vorhänge waren staubig, die Fleckerlteppiche, die überall am Boden lagen, rochen etwas muffig, die Wände mussten neu geweißelt werden, doch diese anstehenden Arbeiten beflügelten sie. Am nächsten Tag, es war an einem Mittwochnachmittag, schaute sie bei Filoti vorbei. Das tat sie während ihrer Ehe genauso. Sie half Filoti im Haushalt, brachte ihm etwas zum Essen und erledigte auch die Gartenarbeit für ihn. Daran wollte sie auch weiterhin nichts ändern. Sie konnte jederzeit in sein Haus hinein, denn sie hatte einen Hausschlüssel. Filoti war auch an diesem Mittwoch nicht zuhause. Oft kam er unregelmäßig von der Arbeit heim. Während sie im Haus zusammenräumte, öffnete sich die Türe und Filoti kam herein. Es war die erste Begegnung nach ihrer Trennung von Mihai mit ihm. Filoti war nicht überrascht, er freute sich, dass Ileana bereit war, ihren gewohnten Rhythmus einzuhalten. Er war sichtlich glücklich, dass Ileana da war, er stellte ihr jedoch keine Fragen und hoffte, sie würde ihm Einzelheiten erzählen. Doch sie tat es nicht. Es war so wie eine stumme Verständigung. Es schien als, als würde einer den Gedankengang des anderen verfolgen können. Beide hatten Schlimmes mitgemacht, beide wussten, dass sie aus den gegebenen Situationen das Beste herausholen mussten, um dann gestärkt dem Leben einen neue Richtung zu geben. Filoti brachte ein Stück frischen Schafkäse und einen Laib schwarzes Brot mit. Daheim hatte er noch Speck, Eier und selbstgemachte, scharfe Würste. Er schlug Ileana vor, gemeinsam das Abendessen einzunehmen. „Das können wir machen", sagte sie, „zu Zweit schmeckt es gleich doppelt so gut." Filoti versuchte sich seine aufflackernde Freude nicht allzu deutlich anmerken zu lassen. Ileana könnte es ihm vielleicht übel nehmen. Sein Herz schlug so laut, dass es zu hören war. Seine Energie, seine Lebensfreude fingen zu keimen an. Machte er sich nicht etwas vor? Was veranlasste ihn, Glücksgefühle zu empfinden? Ileana räumte nach dem Abendessen das Geschirr weg, Filotis Hand berührte für Sekunden ihre Hand, mehr nicht oder vorläufig nicht. Auf dem Weg nach Hause lenkte sie ihre Gedanken in die noch so junge Vergangenheit zurück, die ihr tiefe Schatten auf ihre momentane gute Stimmung warf. Sie wusste in diesem Augenblick nicht genau, ob sie weinen oder lachen sollte. Erstaunlich welche Kraft die Projektion der Gedanken auf ihr Gemüt hatte. Ileana tat etwas Instinktives, sie ignorierte die plötzliche Verstimmung, während sie zugleich versuchte, den Gedanken eine andere Richtung zu geben. Sie redete sich ein, alles im Griff zu haben.

Es war Frühlingsanfang. Der Duft der blühenden Flieder vermischte sich mit dem Grillengesang der Nacht. Ileana, auf dem Weg nach Hause, erlaubte sich zu verweilen, still zu stehen und in den mit unzähligen großen und kleinen Sternen bedeckten Himmel zu starren. Auf dem kleinen Hang, wo sich ihr Haus befand, bot sich in dem spärlichen Mondlicht eine faszinierende Aussicht zum Dorf hinunter: die Umgebung war eine in sich noch befindende Wildnis, eine berührte wuchernde Natur. Primeln, umsäumt von tausenden Schneeglöckchen, ruhend um den mit Moos bedecktem Ufer eines kleinen Baches, wurden von dicht bewachsenen Holunderzweigen bewacht. Das dicht sprießende Gras im zarten Frühlingsgrün war von Augentrost und Löwenzahn gesät. In dem Wipfel eines Weidenbaumes hallte bis ins Tal hinunter der wehmütige Klang einer Eule. Ileana öffnete das schmale Tor ihres Gartens, ging einige Meter weiter zu einem Kirschenbaum, der kurz vor der Blüte stand, umarmte den dicken, voll im Lebenssaft stehenden Stamm, schloss die Augen und eine Stille trat ein, die ihr Herz sanft berührte. Der nächtliche dunkelblaue Himmel war ihr Beschützer. Die Berührung mit dem Kirschenbaum vermittelte ihr ein Gefühl der Dankbarkeit, sie hielt ihre Augen immer noch geschlossen und sprach laut zur Erde blickend: „ An wen soll ich mich wenden? Außer Filoti gibt es niemanden, dem ich vertrauen kann. Er hat das gütigste Herz – doch ist das alles, was ich brauche?" Die Stille war die Antwort, die ihr die Erde gab. Und doch war diese Antwort die Klügste, die sie jemals bekam. In der Stille konnte sie die Gedanken besser unter Kontrolle halten, sie einordnen. Ileana wandte sich von dem Baum ab, richtete ihre Blicke zum Himmel hinauf und fuhr fort: „Ich gehe schlafen, denn im Schlaf bin ich glücklich. Im Wachsein verfolgen mich zu viele Albträume. Ich fühle mich wie in eine einsame Gegend verschlagen und gefangen, ohne das Verbrechen zu kennen, das ich begangen habe." Sie war mit Schauder vor sich selbst erfüllt. An wen hätte sie sich wenden sollen? Mit wem hätte sie reden können? Dieser entsetzlichen Lage, in die sie geraten war, wollte sie entkommen – so schnell wie möglich, sich schlafen legen, um sich von schönen Träumen trösten zu lassen.

Einige Tage vergingen ohne besondere Ereignisse. Ileana verrichtete ihre tägliche Arbeit im Garten. Aus den dichten Brombeerstauden entfernte sie die trockenen, verkrüppelten Äste, die Erde im Gemüsebeet wurde frisch umgegraben, die Marillenbaumstämme wurden mit weißem Kalk gestrichen, um zu verhindern, dass die Ameisen Läuse auf die Blätter transportierten. Die Außenhauswände hätten auch einen neuen Anstrich vertragen können. Doch das verschob sie auch in den Sommer. In der alten Holzscheune waren einige Schwalbenpaare, die aus dem Süden zurück kamen, eifrig mit Reparaturen an ihren alten Nestern beschäftigt. Die Schwalben waren in dieser Gegend das Frühlingssymbol schlechthin. Es gab kaum ein Haus oder irgendein Gebäude im Dorf ohne zumindest ein Schwalbennest zu haben. Ileanas Gemüsegarten war groß und sie musste alles händisch bearbeiten. Gemüseanbau war ein Teil ihres Einkommens. Handarbeit brachte ihr zusätzlich etwas Geld ein, sodass sie ihre bescheidene Existenz absichern konnte, während ihr Noch–Ehemann Mihai verhältnismäßig im Überfluss lebte. Scheidungen gab es im Dorf gar nicht. Wenn eine Ehe nicht funktionierte, gingen die Eheleute selten auseinander, jeder lebte woanders, jedoch musste die Ehefrau für ihre Existenz selbst aufkommen. Ileana hatte Glück, denn sie besaß ein eigenes Haus mit viel Grund rundherum – andere dagegen mussten ihr Geld als Markt– oder Tagelöhnerinnen verdienen. Auch die Frauen, die von Geburt aus dazu bestimmt waren, die Frau eines Bauern zu werden, blieben nicht von so einem grausamen, brutalen Schicksal verschont. Nicht selten passierte, dass manche Frauen ohne Mittel und manchmal auch ohne nähere Verwandten alleine dastanden. Die Gartenarbeiten nahmen Ileanas Zeit völlig in Anspruch und doch: sie wollte weiterhin Filoti helfen. Er war für sie ein aufrichtiger Freund oder doch etwas mehr?!?...

Einige Augenblicke weilte sie bei diesen Gedanken, während sie den blühenden Flieder betrachtete. Ihr Herz fing etwas heftiger zu klopfen an, als würde es ihr signalisieren, dass im Verborgenen ein zartes Gefühl der Liebe keimte. Wolken, die, so weit wie das Auge reichte, cremefarbig oder kalkweiß Meere und Berge überragend in der Ferne zogen – irgendwo hinter dem Horizont, wo alles rein und sündlos war; dort in die Ferne wünschte sich Ileana zu wandern – mit Filoti; weit weg von allem Bösen dieser Welt. Doch selbst hier erschien ihr wie ein finsterer Schatten ihre Cousine: die tote Anica; gespenstisch, im leichten Flug zwischen den Wolken war diese Erscheinung, wie ein mahnendes Zeichen. Nach einer Weile öffnete sie die Augen weit, den Körper in aufrichtiger Haltung als Zeichen, dass sie sich wieder gefasst hatte. In diesem Moment fühlte sie keinen Schmerz. Ihre restliche karge Zuneigung ihrem Mann gegenüber erlosch für immer; sie empfand keinen Zorn mehr, sie fühlte sich nicht mehr als Ausgestoßene, sie war innerlich frei. Mit einer Hand griff sie nach einem frischen Trieb eines Rosenstockes. In den letzten zwei Jahren erfuhren sie keine besondere Pflege, nichtsdestotrotz ragten aus den alten dicken Stämmen in allen Richtungen ein Dutzend neue Triebe, die in drei, vier Wochen die ganze Pracht der Rosen entfalten würden. Die Erleichterung, die sie empfand, gab ihr neuen Lebensmut. Sie fürchtete das Leben nicht mehr, sie spürte instinktiv, dass eines Tages die Unglücksjahre, die hinter ihr lagen, ihr nichts mehr anhaben konnten. Der Schatten ihres Lebens zog sich weg, genauso wie die Wolken in dem fernen Horizont. Ihr Dasein wird im Sonnenlicht den Platz einnehmen und über ihre Sorgen, die sie bis jetzt hatte, lächeln. Einen Augenblick lang fühlte sie sich wie ein Kind: unbeschwert, voller Tatendrang. Einige Freudentränen befeuchteten ihre braunen Augen, die zögerten, den Tränen freien Lauf zu lassen.

Das Heute floss sanft, fast unbemerkt, über die Türschwelle in das Morgen. Das zarte Frühlingsgrüne, der große Frieden auf ihrem Grundstück, das Gezwitscher der Zugvögel, die in die alte Heimat zurück kehrten, entzückten Ileanas Seele. In der Morgenfrühe schritt sie in das Dorf den Hügel hinab. Einige Besorgungen waren zu tätigen. Die Luft war mild, obwohl die Sonne hinter den hellgrauen Wolken verweilte. Sie ging – in der Hand einen geflochtenen Korb tragend – wie gewohnt den oberen Pfad, bis sie hinter der Ribiselhecke, die den Weg zu dem Dorf umgab, verschwand. Der Marschweg zu dem einzigen Gemischtwarenladen im Dorf dauerte zirka zwanzig Minuten. In dem kleinen Geschäft konnte man Dinge des täglichen Lebens kaufen: Zucker, Salz, verschiedene Stoffe, Petroleum für die Lampen, Schreibwaren sowie alkoholische Getränke. Man konnte dort ebenso Briefe aufgeben oder Post abholen, da der Briefträger, der die Post aus dem nächstgelegenen Dorf holte, nur durchfuhr und nur einen kurzen Aufenthalt vor diesem zentral gelegenen Laden hielt. Die meisten Häuser dehnten sich in mehrere Reihen in dem Hang auf eine Länge von zirka einundhalb Kilometer aus. Die Postkutsche tat sich schwer, den steilen Hang mit ihrem abgemagerten, kränklichen Pferd zu befahren. Daher der Kompromiss, die gesamte Post in der Hauptstrasse abzugeben. Den Weg ins Dorf beschritt Ileana einmal in der Woche. Es war die einzige Möglichkeit, Bekannte zu treffen, sich auf ein kurzes Plauscherl einzulassen, um die Neuigkeiten aus dem Dorf zu erfahren; es war eine Abwechslung zu den arbeitsreichen Tagen der Woche. Der Vormittagshimmel blieb von grauen Wolken umzogen, Vorbote eines Gewitters, das sich bedrohlich ankündigte. Sie eilte, das Geschäft noch vor dem Gewitter zu erreichen, denn solche Naturgewalten brachten Unmengen von Hochwasser, das vom Hang hinunter rauschte, hin zu dem kleinen Bach, der durch Poiana floss. In ihrer kleinen, von Hand bestickte Geldbörse, befand sich gerade soviel Geld, dass sie zwei Kilo Zucker, zwei Liter Petroleum und etwas Salz kaufen konnte. Ileana erreichte den Laden noch vor dem immer näher kommenden Gewitter. In den unzähligen Blitzen, gefolgt von ohrenbetäubendem Donner, manifestierte sich der ganze Zorn des unberechenbar gewordenen Himmels. Große, schwere Regentropfen platschten auf die geduldige Erde, bildeten kleine Miniflüsse, die sich den Weg irgendwo nach unten bahnten, um schlussendlich in den großen Fluss zu münden. Ein Frühjahrsgewitter dauerte eine gute Viertelstunde, es kam schnell und verging schnell. Der Himmel lichtete sich, reingewaschen durch das schnelle Gewitter, das zarte Blau zeigte sich wieder. Die Luft war klar, frisch duftend und ebenso rein. Am östlichen Himmel zeigte sich auch die Morgensonne, um mit ihrer wärmenden Kraft die Wassertropfen auf den Grashalmen wegzutrocknen. Nach dem Einkaufen machte sich Ileana wieder auf den Weg nach Hause. Auf der Böschung, die den schmalen Pfad links und rechts umrahmte, saßen dicht gedrängt die Singvögel: Amseln, Rotkehlchen, Drosseln, die sich das nass gewordene Federkleid mit den Schnäbeln putzen und in der milden Sonne trocknen ließen. Das Gurren der unzähligen Tauben erfüllte die windstille Luft mit unendlichem Frieden. Die satten Grünschattierungen der Felder, die von zartgrün bis zu fast schwarz reichten, die Ahornbäume im Hintergrund, die auf ihre Stämmen viele Dutzende von Jahren trugen - um sie breitete sich etwas Mystisches, etwas Rätselhaftes, ein Mysterium, das schon lange Zeit zurück lag. Es schien eine vollkommene Welt von biblischer und göttlicher Genauigkeit zu sein. Ileana war beeindruckt wie selbstverständlich und genau alles ihren Platz in diesem Universum hatte. Sie war eine einfache Frau, jedoch mit einem begabten Geist ausgestattet. Zum ersten Mal in ihrem Leben empfand ihr Dasein eine bis jetzt noch nicht gekannte Realität, etwas Fremdartiges, jedoch Beglückendes. Sie durfte die göttliche Schönheit, die auch in ihrer unmittelbaren Umgebung sichtbar war, genießen. Sie kam an die Gabelung, wo sie dann den Weg schräg nach rechts nahm, der zu ihrem Haus führte. Die Wege, von den Regenfällen etwas zerklüftet, zeigten sich die letzten paar hundert Meter etwas

beschwerlicher und doch bedeutete das für Ileana: HEIMAT. Die alte Scheune mit dem beschädigten Dach und mit dickem Moos bewachsen, die gleich am Eck des Gartens stand, war schon in greifbarer Nähe. Es war eine kleine Scheune, jedoch für sie von großer Bedeutung: Dort spielte sie als Kind Verstecken, dort verbrachte sie ihre Kindheit. Im Sommer diente es als Nistplatz für viele Schwalbenpaare, im Winter gesellten sich in dem muffig riechenden alten Stroh einige Igeln, um ihren Winterschlaf zu verbringen. Ileana nahm sich vor, das arg verwitterte Dach reparieren zu lassen. Nur so konnte sie die Scheune vor dem totalen Verfall retten.
Filoti, der schon bei dem Bau seines eigenen Hauses viel Geschick bewies, würde ihr behilflich sein. Filoti – der Mann, den sie verehrte – diese Gedanken durchliefen ihren Kopf mit Lichtgeschwindigkeit, während ein warmes, angenehmes Gefühl ihren Körper durchströmte. Und doch eine Frage, für die sie keine Antwort fand, beschäftigte sie: Durfte sie den Mann ihrer toten Cousine lieben? Ließ sich diese Sünde, wie sie es empfand, mit ihrem Gewissen vereinbaren? Würde Gott, dem sie schließlich Rechenschaft ablegen muss, ihr verzeihen? In dieser Nacht konnte Ileana nicht schlafen. Die Stille des Hauses drückte schwer auf ihre Seele. Wegen ihrer lasterhaften Gedanken fühlte sie sich schuldig. Und wie schon so oft zuvor, konnte sie mit niemandem darüber reden, um ihrem Herzen Erleichterung zu verschaffen. Mit Anstrengung gelang es ihr, diese Gedanken umzulenken, alles sei nur ein Traum, der sowieso bald stürzen würde. Ileana stand auf, ging zum Fenster, öffnete es in aller Weite und blickte mit geschlossenen Augen in die schwarze Nacht. Die Stille floss über die nächtliche Erde; jedes Geräusch – und sei es nur eine leichte Windbewegung – verstummte. Ileana hörte ihre eigenen Herzschläge, die ihrem Körper Leben spendeten. Ihre Augen öffneten sich und richteten sich voller Dankbarkeit nach oben, da sie glaubte, inneres Selbst-

vertrauen zu bekommen. Es dauerte eine Zeit, dann ließ sie die Augen sinken, zögerte, das Fenster zu schließen, als sie dann immer deutlicher von Weitem her, fast unmerklich, Schritte wahrnahm. Es war schon merkwürdig: Mitten in der sternenlosen Nacht in der einsamen Gegend Schritte zu hören. Sie hatte keine Angst. Kurz danach hörte sie, wie sich das Gartentor mit einem leichten Quietschen öffnete. Die dumpfen Schritte unterbrachen unsanft die heilige nächtliche Stille. Ileana erkannt die Umrisse einer Gestalt, die zielgerichtet zu ihr kam. Sie stellte fest, dass keine Dunkelheit ihre Augen so stark umhüllen konnte, um Filoti nicht zu erkennen. Er stand plötzlich da, wahrhaftig, greifbar, unmissverständlich, dass Worte nicht mehr notwendig waren. Er streckte seine Hand zu ihr, die Augen waren aufeinander gerichtet, als stünden sie unter Hypnose – was zählte war nur der Augenblick. Alles andere stand hinter ihnen. Mit einer Bewegung wie in Trance öffnete Ileana die Haustüre. Ohne zu zögern nahm er sie in die Arme und sah, wie sie ihre Augen schloss, während sie sich an ihn anlehnte. In diesem Augenblick schloss auch er die Augen und mit begehrenden Lippen tauschten sie leidenschaftliche Küsse aus. Sein vibrierender Körper fühlte ihre ganze Schwäche und Zerbrechlichkeit. Es schien so, als käme das Glück ein zweites Mal zu ihm zurück. Einige Tränen befeuchteten sein Gesicht. Die Welt gehörte ihm, der innere Sturm war so groß, dass er die Selbstbeherrschung verlor. Seine Lippen berührten zart ihre Lippen, während sie ihren Kopf an seinen Schulter lehnte, sich an ihn gekonnt schmiegte, um ihre Bereitschaft zu signalisieren, sich an der süßen Frucht der Liebe zu verköstigen. Hastig küsste er Ileanas Finger, einem nach dem anderen, ihren schlanken weißen Hals, ihre jungfräulich anfühlenden Brüste. Sie lag vor ihm wie eine sündlose Unschuld. Filoti, fasziniert von der Schönheit ihres Körpers, die jede Sinneslust in ihm erweckte, warf schüchtern, ja verschämt seine begehrenden Blicke auf den

Venusberg, den Voraltar der Liebe, der lustvoll mit dichten schwarzen Haaren bedeckt war, um den Eingang in die Faszination der Liebe noch geheimnisvoller erscheinen zu lassen. Diese satanische Verführung trieb ihn in die Sünde und er biss in den verbotenen Apfel. Sie verharrten stundenlang eng umschlungen, wortlos im Rausch der Liebe verloren, ohne wissen zu wollen, was der morgige Tag mit sich bringen würde. Diese, erst einige Stunden junge Liebe, durfte nicht an die große Glocke gehängt werden; in der Mentalität des Dorfes wäre diese Beziehung unmoralisch, ja verboten. Ilena war verheiratet, ohne Aussicht, sich scheiden lassen zu können. Auf diese Bahn geraten, konnte sie diese Situation nicht mehr ändern; das Wagnis, mit einem anderen Mann eine Beziehung aufzubauen, hätte in der Dorfgemeinschaft die Konsequenz, verachtet zu werden.

Noch waren sie alleine, vor den feindlichen Augen der Menschen von draußen, unsichtbar, verborgen in der Dunkelheit der Nacht, die ihnen sichere Zuflucht gewährte. Das leise Knistern des brennenden Feuers, das stille Flackern der Petroleumlampe gab dem kleinen halbverdunkeltem Zimmer einen geheimnisvollen Zauber. Der Schein des Feuers projizierte, abwechselnd, verspielt Licht– und Schattenlinien auf der weißen Wand. Ileana sah nach dem Feuer, legte eine Scheite nach, um die kleine Flamme noch eine Weile am Leben zu erhalten, während ihr Körper, der nicht ganz entblößt war, konturenhaft halb im Schatten, in ihm erneut eine lustvolle Faszination erweckte. Er legte die rechte Hand um ihre Taille, streichelte ihre weiche Haut, bedeckte ihren Hals mit Küssen; seine Blicken glitten zur Brust und tiefer bis zur Hüfte. Unter dem flachen Bauch, die schwarzen Schamhaare, brachten ihn erneut um den Verstand. Ileana legte sich mit geschlossenen Augen in eine hingebungsvolle Haltung auf das Bett, die Arme zu ihm ausgestreckt. Er war bezaubert von ihrem schön gebauten Körper und sexuell erregt.

Wenn Filoti etwas ärgerte, dann nur die Feststellung, dass diese Nacht zu schnell zu Ende ging. Noch vor der Morgendämmerung verließ er Ileanas Haus, unbemerkt von den bösen Blicken der Nachbarn. Seine Arbeitszeit begann sehr früh und dauerte zehn Stunden am Tag. Sein Geist war nüchtern, was er von seinem Körper nicht sagen konnte. Doch das war kein Anlass, um seine gute Laune zu verderben; das Gegenteil war der Fall. In seinem Herzen brannte wie es schien eine Dauerfreudenflamme. Hoffnungsvoll blickte er in die Zukunft, fest davon überzeugt, dass er trotz allen Widrigkeiten sein Leben mit Ileana verbringen würde. In Gedanken versunken träumte er davon ein Kind mit Ileana zu haben, eine kleine Familie zu gründen; eine kleine Familie, die ihm erhalten bleiben sollte, hoffend, dass der Allmächtige ihm doch das ersehnte Glück gewähren würde. Für ihn bedeutete das, dass eine Heirat mit Ileana auf jeden Fall stattfinden sollte, doch wusste er nicht wie. Jedoch der starke Glaube an sein Vorhaben stimmte ihn zuversichtlich. Diesen Entschluss erwirkte in seinem Inneren, sein Schicksal als Herausforderung zu verstehen, für sein Glück zu kämpfen und zu siegen. Während er in der Arbeit war, ging Ileana am frühen Nachmittag zu ihm nach Hause, um nach dem Rechten zu sehen. Das tat sie jahrelang zuvor, so erweckten ihre Besuche noch keinen Argwohn im Dorf – noch nicht. Sie half ihm, wie alle Jahre zuvor, bei der Gartenarbeit und im Haushalt. Es gab keinen Zweifel für sie: sie liebte ihn. Sie war nicht mehr alleine. Während unzählige Gedanken in ihrem Kopf vorüber zogen, senkte sie die Augen und betrachtete ihre Hände, die beschäftigt waren mit der Arbeit in seiner Küche. Unerwartet ging die Haustüre auf; etwas erschrocken drehte sie sich zur Türe hin und sah Filoti kommen. Er lächelte: „Freust du dich? Ich habe heute meine Arbeit früher beendet". Mit einer leichten Bewegung nahm er sanft ihre Hände und hielt sie einige sekundenlang in den seinen. Ein scheuer Blick von ihr streifte sein Gesicht, ein leichter Druck seiner Hände auf den ihren wurde gleich erwidert. Schweigend gab er ihr einen Kuss auf die Lippen, schaute ihr tief in die Augen und nach einigen stillen Augenblicken sagte er: „Ich will nicht mehr länger, dass wir ein heimliches Liebespaar sind; die scheinheilige Moral der Dorfgesellschaft kümmert mich nicht. Morgen werden wir allen zeigen, dass wir uns lieben, dass wir ein Recht darauf haben, abgesehen davon, dass wir niemanden Rechenschaft schuldig sind. Sie wandte sich ganz zu ihm, legte ihren Kopf an seine Brust und mit tränenfeuchten Augen sah sie ihn an und drückte ihm einen zärtlichen Kuss auf seine Lippen. Für Augenblicke schien ihre Welt ein einziges riesiges Glück zu sein. Für einen Augenblick kam Anica in seinem Gedächtnis vor, jedoch in demselben Augenblick entschwand sie. Menschen werden eben von dem Schatten der näheren Ereignisse verschluckt oder in den hinteren Teil des Unterbewusstseins verdrängt, dachte er. Anica war ihm eine gute Ehefrau, ihr frühzeitiges Ableben sowie das Ableben seiner zwei Kinder, machte ihm schwer zu schaffen. Doch Ileana erweckte ihn zu einem neuen Leben; durch sie bekam er Zuversicht, Kraft, sein Dasein hatte wieder Sinn. In Gedanken versunken rollte vor seinen geschlossenen Augen die Zukunft, die er sich mit Ileana vorstellte, vorüber. In seinem Kopf war bereits alles durchdacht, was er glaubte, zur Realität werden zu lassen. Seine Gedanken waren stark von seinem Herz beherrscht. Seine überzeugenden Gefühle stärkten seine Hoffnungen für eine bessere Zukunft mit Ileana, die bereits begonnen hatte.

Das frisch entzündete Feuer brannte leicht knisternd dahin. Die dürftige Einrichtung des Zimmers, die er bis jetzt nicht sonderlich beachtete, störte ihn ein bisschen. „Auch das wird sich ändern", dachte er. Filoti legte seine Arbeitsjacke aufs Bett und setzte sich auf den Holzstuhl zum Tisch. Mit gesenktem Kopf, etwas nachdenklich, suchte er nach Worten, die er Ileana sagen wollte. Sie wartete geduldig. Das Licht des gedämpften Feuers warf im Zimmer einen matten, warmen Schein auf. Mit leichter Bewegung legte er die Hand auf seinen gesenkten Kopf. Ein heftiges Gefühl, ja fast eine Gier, befiel ihn plötzlich; er wollte sie in diesem Augenblick besitzen, sich mit ihr verschmelzen, für Jahre, ja für die Ewigkeit. Noch herrschte Stille im Zimmer, während sein Herz wild jagte; die Spannung war zum Zerreißen nahe, seine Unbeweglichkeit war nicht länger kontrollierbar. Die Augen hielt er weiterhin gesenkt, denn er spürte instinktiv: wenn er ihr in die Augen sehen würde, wäre er verloren, seine Augenglut hätten sein heftiges Verlangen verraten. Ihre Hand glitt über seine leicht platinierten Haare, über seine Schultern, unendlich dankbar für die geschenkten Glücksmomente. Instinktiv streckte er seine Hand aus und ließ sie auf ihre fallen. Seine Augen konnte er nicht mehr länger von ihren fern halten. Ihre und seine Blicke trafen sich plötzlich, sie sahen sich sekundenlang an, die ihm wie Ewigkeiten erschienen. In stummem Einverständnis hielten sie sich eine Weile die Hände fest. Doch plötzlich zog er sie zu seinem Körper, dann küsste er ihre Lippen, ihre Wange, ihr Gesicht. Mit seinen streichelnden Händen spürte er ihren dürftig bekleideten Körper, ihre weichen Haare, ihre frisch duftende Haut. Fast gleichzeitig umschlangen ihre Arme seinen Kopf und drückte ihn an ihre Brust. Filoti fühlte sich frei und leicht wie ein fliegender Schmetterling und doch war er ihr Gefangener. Ileana hielt ihren Kopf zurück gebeugt, in seinen Armen, er hob sie auf und legte sie auf das Bett. Ihr Gesicht, das auf die Seite gewandt war, von einer dunklen Strähne bedeckt, sah verführerisch aus. Er küsste sie bis zur Besinnungslosigkeit, dann riss er sich wieder los und sie begann ihn zu entkleiden: sein Hemd, seine Hose, seine Unterhose. Sie lag still auf dem breiten Bett, doch ihr Körper zitterte und war fügsam, ihre Schenkel öffneten sich weit, um ihre Liebesbereitschaft zu bekunden. Spürend, dass er kurz vor dem Erguss war, fand er unter dem Venusberg die betörende Stelle, wo er mit unbeherrschter Wildheit, hinein drang. Mit ihren Händen hielt sie seinen Körper fest, als wollte sie ihm spüren lassen, dass sie sich das Leben ohne ihn nicht mehr vorstellen konnte. Die Nacht verbrachte Ileana, mit einer Selbstverständlichkeit, bei Filoti in seinem Bett. Während Filoti ruhig da lag, sinnierte Ileana über den schönen Abend, sie erkannte einmal mehr, welch außergewöhnlicher Mensch Filoti war. Soviel Glück bereitete ihr plötzlich Angst, wusste sie doch, dass das Schicksal unberechenbar sein kann. Das Glück kann sich rasch in Unglück verwandeln. Sie schmiegte sich an ihn und beschloss, diese Momente nicht mit schwarzen Gedanken zu vergellen. Wie schön wäre es, jede Nacht so liegen zu können.

Erstarrt vor Entzücken lag sie neben ihm, überwältigt vom süßen Gefühl der Sünde. Für Augenblicke rollte vor ihren Augen die schattenhafte Dunkelheit der nicht allzu fernen Vergangenheit; sie fühlte wie sich in ihren Adern eine gewisse Schuld durchzog. Als Filoti ihre momentane Verstimmung spürte, tat er nichts anderes, als ihren ganzen Körper zu liebkosen. Es war eine spannungsvolle Stille, er fühlte sich noch stärker zu ihr hin gezogen; er flüsterte:
„Die Vergangenheit ruht hinter uns, als Erinnerung eines Kapitels, das Teil unseres Lebens ausmacht, jedoch die Gegenwart ist etwas Lebendiges, Greifbares, die uns vor der Vergangenheit auf Distanz hält, sie gibt uns die Kraft, weiter zu leben, jetzt und hier und darüber hinaus - in die Zukunft."

Draußen fing es heftig zu regnen an. Die schweren Regentropfen fielen in einem monotonen, dumpfen Klang auf die Dächer. Mit einer Hand auf ihrer Schulter ausgestreckt, schlief er ein. Einige Minuten später wurde auch Ileana vom Schlaf überwältigt. Das Morgengrauen des heran brechenden Tages deutete darauf hin, dass sich der Himmel ausgeregnet hatte. Der Horizont zeigte sich wie ein glühender Herd in kräftigen Orangefarben, die nach und nach verschwanden, um der aufsteigenden Sonne Platz zu machen. Ileana bereite ein kräftiges Frühstück vor, bestehend aus Eierspeise und Speck. Filoti hatte einen langen Arbeitstag vor sich, aber er beschwerte sich nicht. Sein Leben hatte wieder einen Sinn bekommen, er wusste, dass jemand liebevoll auf ihn wartete. Doch bevor er in die Arbeit ging, beschlossen sie gemeinsam am kommenden Sonntag in die Kirche zu gehen, um mit dem Pfarrer über ihre Situation zu reden. Ileana war noch verheiratet, eine Scheidung kannten die Leute im Dorf so gut wie gar nicht. Also: ihr Schicksal bedeutete – wenn es nach der merkwürdigen Moral des Dorfes ginge – bis zu ihrem Lebensende alleine zu bleiben. In diesem Fall schien der Pfarrer der einzige Rettungsanker zu sein. Die Zeit bis zum Sonntag verbrachten sie gemeinsam. Die Kirche, ein unscheinbarer Bau, mit einem hohen Kirchenturm, indem eine große Glocke bei verschiedenen Gelegenheiten ihre Dienste versah, befand sich in der Nähe eines kleinen Flusses, der durch das Dorf floss.

Dieser Maisonntag zeigte sich von der schönsten Frühlingsseite. Die Sonne, auf dem veilchenblauen Himmel wärmte mit seinen milden Strahlen die Morgenluft. Ein paar Dutzend Menschen – Männer und Frauen – befanden sich auf dem Weg zur Kirche. Darunter auch Ileana und Filoti. Das Getuschel über das „verbotene" Liebespaar war nicht zu überhören. Doch sie gingen tapfer mit erhobenem Haupte, ohne sich über die Tratscherei zu kümmern, in die Kirche, wo sie mehr Verständnis von dem Geistlichen erwarteten. Das alte Tor war weit geöffnet und die Leute stiegen die Stufen zum Kirchraum hinauf. Nach und nach kniete jeder, der hineinkam, kurz vor dem Altar nieder und flüsterte etwas leise vor sich hin, um dann in der Kirchenbank Platz zu nehmen. Ileana und Filoti saßen in der letzten Reihe. In der dunklen Stille des Kirchenraumes hörte man nur die Stimme des Pfarrers. Ileana begann lautlos ein Gebet zu murmeln: „Allmächtiger Gott, vergib mir, oh Herr, vergib mir, dass ich dein Gesetz gebrochen habe. Vergib mir mein sündhaftes Verhalten, meinen unausreichenden Glauben an deine Güte, vergib mir, oh Herr, gib mir Rat in meiner Hilflosigkeit."

Unbemerkt strömten aus ihren großen Augen Tränen, die dem Gesicht einen schmerzhaften Ausdruck verlieh. Sie fiel für einige Minuten auf die Knie und betete weiter das Vaterunser, den Blick auf das Kruzifix gerichtet: „Vaterunser , der du bist im Himmel und auf Erden, unser tägliches Brot gib uns heute und vergib uns unsere Schuld, wie auch wir vergeben unseren Schuldigern und führe uns nicht in Versuchung, sondern erlöse uns von dem Bösen, denn dein ist das Reich, die Kraft und die Herrlichkeit in Ewigkeit, Amen." In diesem Augenblick hatte sie das Gefühl verspürt, die Verbindung zu Gott hergestellt zu haben. In der Stille der Kirche konnte sie Gottes Stimme hören, die ihr schweres Herz leichter machte. Stumm führte sie den Dialog mit Gott, ihm konnte sie alles anvertrauen, sie fühlte sich von ihm verstanden.

Nach der Messe, nachdem die Kirche leer geworden war, wurden die zwei vom Geistlichen in den Beichtraum gebeten. Es war ein Heiliger Raum, wo man die Seele von seinen Sünden rein waschen kann. Ileanas großer Wunsch war, sich von Mihai befreien zu können. Das Wort des Pfarrers in der Heiligen Kirche hatte die göttliche Macht doch noch ihren Wunsch zu erfüllen. Die beiden saßen mit gesenktem Haupt in dem Beichtstuhl. Filoti begrub den Kopf in seinen Armen. Er fühlte sich in diesem Augenblick von einer Angst befallen, was seine Zukunft mit Ileana betraf, die er vielleicht nicht mehr bestimmen konnte. War er gefangen in seinen Ängsten? Der Geistliche, ein weiser Mann, sah ihn verständnisvoll und zugleich kritisch an: „Mein Sohn, die Frau, die neben dir sitzt ist verheiratet. Das heilige Sakrament der Ehe lasten noch auf ihren Schultern, wenn auch ihr Mann derjenige war, der sie verlassen hat. Er, der Ehemann, hat Schwäche gezeigt, ohne sich dabei geschämt zu haben." Totale Stille in dem dunklen Zimmer. Ileana blickte auf das kleine Holzkruzifix, das der Geistliche in seiner Hand hielt. Die Worte des Pfarrers empfand sie als wohltuend. Das machte ihr Mut. Nachdem sie mit der rechten Hand das Kreuzsymbol machte, wurde sie von dem Pfarrer aufgefordert, das Kreuz zu küssen. Ihr Herz wurde dabei leichter, denn der Gottstellvertreter auf dieser Erde verzieh ihr das sündhafte Verhalten. Noch mehr: sie fühlte sich befreit von Sünden, die eigentlich nicht sie begann. Es schien ihr, an Filotis Seite, wie sie nun mal dort saß, als würden sie die Trauungszeremonie erhalten. Wie in einem Augenblick der Erleuchtung erkannten sie den tiefen Sinn des Christentums, die ihnen den seelischen Kampf mit einem Sieg beenden hatten lassen. Gott ließ seine Barmherzigkeit walten, in Form von Sündenvergebung. Für zwei liebende Menschen gab es durch die Heilige Beichte schlussendlich Zuversicht für ein friedliches Leben. Filotis Lächeln strahlte Wärme in den kargen Beichtraum aus. Er stand vor sehr langer Zeit am Rande des Abgrundes. Ileana hatte ihm neues Glück eröffnet und beim Betreten dieser Kirche hatte er das unbeschreibliche Gefühl der Erleichterung; es war etwas, was er vorher nicht kannte, er schloss mit der Vergangenheit endlich Frieden. Nun verstand er, dass die Liebe, die Gott dem Menschen geschenkt hatte, nicht bestrafen würde. Selbst wenn manche Situationen nicht ganz konform mit seinen ursprünglichen Absichten einher gingen. Nach der Beichte gingen die beiden noch einmal in die Kirche hinein. Es herrschte Stille, die Kirchenbänke waren alle leer. Ihre Blicke richteten sich empor zur Decke, die verziert war mit Heiligenbildern. Sie zündeten, jeder für sich, eine Kerze an, die mit einem Wunsch versiegelt wurde, dann verließen sie die Kirche und gingen zufrieden, wenn auch etwas nachdenklich, wie in einer neuen Wirklichkeit, die ein weiteres Kapitel ihres Lebens bedeutete, nach Hause. Er führte Ileana an seinem Arm durch das ganze Dorf, ohne schlechte Nachrede fürchten zu müssen. Schlussendlich hatte er durch den Pfarrer Gottes Segen bekommen. Zuhause unterbrach er sein Schweigen, er hatte seiner Ileana so viel zu sagen: „Meine Teure, es gibt so viele Dinge, die ich fragen möchte. Es gibt unzählige Liebesbeweise, die ich dir zu erweisen, bemüht sein werde. Viele kleine und große Freuden, die ich dir bereiten möchte. Eines jedoch schien mir am Wichtigsten: ich werde dich immer lieben und dir stets treu bleiben, solange bis der Allmächtige, der heute unser Glück gesegnet hat, uns scheidet." Ein leuchtendes Lächeln über ihr Gesicht war die Antwort auf seine Liebeserklärung. Er würde lieber sterben, als Ileana zu verlieren. Ileana stand an einem Fenster, das zur Gartenseite gerichtet war und glücklich wandte sie sich um. „Ich kann es kaum glauben, soviel Glück auf einmal", sagte sie mit einer sanften Stimme, „wir wollen doch für immer den Respekt füreinander bewahren, so wie wir jetzt wissen, dass aus jedem Wort, aus jeder Geste, unsere Liebe erwidert wird, so soll es für immer bleiben." Was sie ihm sagte, berührte ihn. Doch er schwieg. Seine Hand suchte nach der ihrigen, um die Verbindung zu ihr herzustellen. Dann begann er in kurzen, liebevollen Sätzen zu reden: „Lange Zeit hielt ich mich für einen Mann, der vom Leben zerbrochen wurde, nun bist du in mein Leben eingetreten; selbst wenn die Umstände etwas schwieriger sind, glaube ich doch, dass wir alles in der Hand haben. Uns verbindet eine große Liebe und das soll jeder im Dorf und darüber hinaus, erfahren."

Seit Wochen lebten Ileana und Filoti in eheähnlichen Verhältnissen in seinem Haus. Die doppelte Arbeit, die sie zu verrichten hatte – in ihrem Haus, aber vor allem die großen Gärten, wo sie viel Gemüse anbaute – wurde ihr zuviel. Daher beschloss sie, ihr Haus zum Verkauf frei zu geben. Seit einiger Zeit spürte Ileana eine unerklärliche Schwäche ihres Körpers, jedoch redete sie kaum mit Filoti darüber und schob alles auf die doppelte Belastung, die sie monatelang hatte. Eines Morgens erwachte sie sehr niedergeschlagen. Ein Gedanke ließ sie nicht mehr los: die Übelkeit, die meistens morgens auftrat, verstärkte sich auch tagsüber und aufgrund dieser Tatsache beschloss sie, die Dorfhebamme aufzusuchen. Sie hatte die Vermutung, schwanger geworden zu sein, doch sie wollte Gewissheit erlangen. Die betagte, erfahrene Hebamme, die alle Kinder im Dorf zur Welt brachte, würde es ihr schon sagen. Noch sprach sie mit niemand darüber, auch nicht mit Filoti. Dieses Geheimnis, das zurzeit noch eine Vermutung war, schien ihr zu schön, um wahr zu sein. Ihre angebliche Unfruchtbarkeit war doch der Grund, warum Mihai sie verlassen hatte. Nun sollte es doch ganz anders sein, war doch er, aus welchem Grund auch immer, derjenige, der keine Kinder zeugen konnte. Ohne sich zu sehr in Spekulationen hineinzusteigern, beschloss Ileana, wie gesagt, am Wochenende zu der Hebamme Marica zu gehen. Marica wohnte alleine, am anderen Ende des Dorfes. Ihr Mann verstarb vor vielen Jahren an den Folgen einer schweren Operation. Ihre drei erwachsenen Kinder hatten in den benachbarten Ortschaften eingeheiratet und kamen nur gelegentlich zu ihr auf Besuch. Marica hatte keine Ausbildung als Hebamme, vielmehr war es ihre reichliche Erfahrung, die sie zu einer recht geschickten Könnerin dieses Gebietes machten. Es war auch nicht üblich, dass Frauen im Krankenhaus entbinden. Jede Geburt geschah zuhause, ausschließlich unter der Hilfestellung dieser Frau. In der hierarchischen Rangordnung des Dorfes, nach dem

Pfarrer, Lehrer und Bürgermeister, folgte sie auf dem doch hoch angesehenen vierten Platz. Ihre Tätigkeit brachte ihr eine gesicherte Existenz. Die Entlohnung bestand vielmehr in Naturalien, weniger aus Geld.

Es war ein sonnenüberfluteter Samstagvormittag. Ileana fühlte, dass sie sich an so einem freundlichen Tag das Faulenzen leisten konnte. Ihre überschwänglichen Gefühle hielt sie geradezu eifersüchtig im Verborgenen. In ihrer beflügelten Fantasie sah sie ihr Neugeborenes, das viel ersehnte Kind, als Bestätigung, dass sie sehr wohl in der Lage war, Kinder zu gebären. Was würde Mihai sagen, sollte sie tatsächlich das Kind auf die Welt bringen? Er war offiziell noch immer ihr Ehemann, sie trug seinen Namen, so würde ihr Kind, das zwar biologisch Filoti zum Vater hatte, Mihais Namen tragen. Keine einfache Situation. Doch momentan wollte Ileana diesen verstrickten Gedanken keine zusätzliche Nahrung geben. Filoti war in der Arbeit. Sie wollte nicht, dass er über ihren Besuch bei der Hebamme erfuhr – noch nicht. Der Weg dorthin dauerte zirka dreißig Minuten. Eine innere Stimme, ein starkes Gefühl, aber vor allem der veränderte, körperliche Zustand sagte ihr, sie IST schwanger. Doch die Meinung der Hebamme würde ihr schlussendlich ihre Ahnung bestätigen oder all ihre Hoffnungen löschen, so oder so – Klarheit wollte sie haben.
Marica erwartete ihren Besuch nicht. Doch es überraschte sie auch nicht, denn es war nicht üblich, die Besuche zuvor anzumelden. Die zwei Frauen begrüßten sich freundlich und nach einem kurzen, allgemeinen Wortwechsel fragte Marica ohne Umschweife: „Naja, sind wir in anderen Umständen?" Etwas verlegen wusste Ileana nicht, wie sie auf diese direkte Frage reagieren sollte. „Das will ich von dir erfahren!" „Mädchen, schon alleine dein träger Gang lässt erkennen, dass du werdende Mutter bist." Es folgte ein intimes Gespräch, wann sie die letzte Regel hatte und

ob sie schon einmal in derselben Situation gewesen wäre. Für Marica gab es keinen Zweifel mehr: Ileana war im zweiten Monat schwanger. Für einen Augenblick lehnte sie sich über das Geländer der kleinen Terrasse vor Maricas Haus und sah in dem mit Leben erfüllten Garten. Ihr nicht mehr so junges Gesicht bekam einen mädchenhaften Ausdruck, ihre Augen glänzten um die Wette mit dem blauen Himmel, eine naive Fröhlichkeit, die nur schöne Dinge hervorrufen kann. Auf einmal merkte sie ihre leichten Rundungen an ihrem Bauch, die sie mit ihren Kleidern bewusst vertuschen konnte. Jetzt musste sie ihren Bauch nicht mehr verstecken, sie hatte die Gewissheit erhalten, ein Kind zu bekommen. Der Stolz einer werdenden Mutter stellte sich im Handumdrehen ein. Heute Abend würde sie Filoti die freudige Botschaft bekannt geben! Filoti wird nun ein drittes Mal Vater – doch sein drittes Kind würde leben. So etwas wie ein sechster Sinn ließ sie fest daran glauben, dass alles gut gehen würde. Mit lächelndem Gesicht und schwebenden Schritt kam Ileana nach Hause. Es dauerte einige Stunden, bis Filoti von seiner Arbeit zurückkehrte. Ileana, beflügelt von der freudigen Nachricht, bereitete das Abendessen zu. Die letzten Sonnenlanzen verloren sich hinter dem sanften Hügel, um sich bis am nächsten Morgen eine Rast zu vergönnen. Ein Klappern an das Gartentor verriet, dass Filoti nach Hause kam. Er war müde, denn seine Arbeit beim Straßenbau war anstrengend und dauerte von früh bis spät abends, jedoch sein Glück verlieh ihm zusätzlich Kräfte, er erlebte eine wunderbare Zeit, die ihn zuversichtlich machte und ihm half, vertrauensvoll in die Zukunft zu blicken. Filoti betrat die Küche. Ileana stand mit dem Rücken zum Fenster und empfing ihn mit ruhiger Stimme: „Heute war ein langer Tag. Ich fühlte mich etwas einsam, vor allem nachmittags. Deine Gegenwart bedeutet mir alles." Dann folgte eine Pause, sie suchte nach Worten, wie sie ihm am Besten sagen konnte, wie sehr sie ihn liebte.

Sie sprach mit einer naiven Einfachheit: „Ich möchte noch einmal aus deinem Mund hören, ob du mich liebst. Du hast mir das des Öfteren gesagt, doch in diesem Augenblick brauche ich erneut diesen Beweis." In seinen Augen flammte eine fesselnde Zuneigung; er nahm ihre Hand und wandte sich erneut zum Fenster hin. Für einige Momente herrschte Stille. Sie warf ihm einen schnellen Blick zu und nach kurzem Zögern entschloss sie sich erneut zu reden: „Ich habe dir etwas zu sagen!" Sie warf sich an seinen Hals, hielt einen Moment inne, er wartete. Dann fuhr sie sanft fort: „Ich bekomme ein Kind!" Durch seinen Geist strömten unzählige Gedanken. In dem Augenblick hatte er Zweifel daran, ob er dieses Glück verdiente. Er machte diese Erfahrung bereits zwei Mal in seinem Leben und wusste, wie vielschichtig das Glück sein kann. Er sah ihr in die Augen und war nahe daran, zu weinen anzufangen. Er streckte seine Hand aus und berührte ihr Gesicht. Sie senkte ihren Blick zu Boden. Mit zitternden Stimme sagte er die Worte, die sie so gern in diesem Augenblick hören wollte: „Ich liebe dich, Ileana!" „Ohne dich will ich keinen Schritt mehr gehen, ich bin dort, wo ich hingehöre und fühle mich vom Glück bevorzugt. In Demut sage ich, dass ich diesem Glück unendlichen Dank schulde. Ich kann mir mein Leben nicht mehr anders vorstellen, als mit dir zusammen zu sein. Du bist für mich mit keinem anderen Mann zu vergleichen." Während sie sprach, hatte sie ihre Blicke auf ihn geheftet. Sie glaubte in seinen Augen Tränen gesehen zu haben. Ihre Hände berührten sich; im blinden Schweigen legte er seinen Kopf auf den ihren – es war der Moment, indem alle beide die Kraft der Liebe wie nie zuvor in ihren Adern verspürten. Augenblicke der süßen Wonne empfanden sie wie sanfte Ewigkeiten. Er wollte ihr noch vieles sagen, konnte es jedoch nicht in Worte fassen. Wie neugeboren fühlte er sich. Alles fing neu an. Der Weg auf dem er sich befand, schien in eine vielversprechende Zukunft zu führen.

Eine leichte, warme Brise bewegte den weißen, gehäkelten Spitzenvorhang am leicht geöffneten Fenster. Filoti stand auf und blickte in den weitläufigen Garten. Durch seine Adern floss unaufhaltsam der Strom des Lebens, gelenkt von ewigen Gesetzen hin zu einem unbekannten, ja geheimnisvollen Ort. Und doch, sein neu gewonnenes Selbstvertrauen gab ihm die Gewissheit, dass die Richtung, die er eingeschlagen hatte, stimmte. Die ländlichen Gerüche nach Holz, der frisch umgeackerten Gartenerde und das nach reichlichem Laub der Obstbäume, drangen durch das geöffnete Fenster durch das Zimmer hinein. Eine wohltuende Entspannung erfasste jede Faser seine Körpers. Noch einmal erkannte er, dass von diesem Augenblick an Ileana für immer bei ihm bleiben würde, ein Gedanke voller Hoffnung; er wird nun zum dritten Mal Vater, dieser Gedanke wiederholte sich immer und immer wieder und er war davon überzeugt, dass sein drittes Kind leben würde. Vor ihm, in der wachsamen Stille des Zimmers, stand Ileana wie eine Sphinx in Stein gehauen, wie eine heilige Ikone, zu der Filoti liebevoll blickte. Sein Herz schlug ruhig und während er noch immer in sich hinein horchte, wandte er sich und ging zu ihr mit zitterndem Gang. Plötzlich hatte er Angst, obwohl er nicht genau wusste, warum. Er war überwältigt von dem übermäßigen Gefühl des Glücks, von dem wohlwollenden Schicksal, das sich ihm näherte, ihn berührte und ihn in einen schwebenden Zustand versetzte, so dass er unter seinen Füßen den Boden zu verlieren glaubte.

Mit unbekümmerter Selbstverständlichkeit begann ein neuer Tag. Im Garten probierten unzählige Jungvögel etwas unsicher ihr Gezwitscher aus. Ein unendlich strahlender Himmel warf seinen Glanz auf die Erde und die Hausdecke spiegelte sich hinein. Der Tag begann still, einzig die Blätter raschelten, dicht gedrängt auf den Obstbäumen im Garten.

In der kleinen gemütlichen Küche drangen durch das Rahmenfenster einige Sonnenstrahlen, deren Wärme bis ins Herz der Liebenden reichte. Ileana bereitete ein Frühstück vor, das heute an diesem hellen Morgen etwas anders sein sollte. Sie schlug einige Eier auf und zum Trinken gab es für sie einen Tee mit ausgewählten Kräutern, für ihn ein Glas selbstgemachten Obstwein, ein selbstgebackener Kuchen vervollständigte das Frühstück. Filotis Arbeit begann recht früh. Bis zu seinem Arbeitsplatz musste er eine halbe Stunde zu Fuß gehen. In den Morgenstunden war noch alles still im Dorf. Die Bauern mit ihren Ochsenkarren waren langsam zu ihren Feldern unterwegs, wo sie dann einen ganzen langen Tag schuften mussten. Heute waren sie mit dem Wetter zufrieden. Es regnete nicht. Einige Tage zuvor regnete es rechtzeitig und reichlich, sodass die Weizenfelder prächtig gedeihen konnten. Dafür dankten die Bauern dem Herrgott an den Sonntagen, in denen sie pflichtgetreu den Gottesdienst besuchten. Die Dorfbewohner waren alle rumänisch–orthodox, daher gab es nie religiöse Konflikte im Dorf. Die Dorfkirche war klein, einzig die Glocke mit ihren klangvollen Tönen machte sie berühmt in ihrer Umgebung. Es wurden ihr göttliche Kräfte nachgesagt, denn angeblich oder tatsächlich – das kann ich nicht mit Gewissheit sagen – jedes Mal, wenn bedrohliche Hagelkörnerwolken sich am Himmel sammelten, läutete die Glocke von Poiana so kräftig, dass die Energie, die von ihr ausging, ausreichte, um das unheilvolle Gewitter auszutreiben. Die kleinen Häuser des Dorfes, die ziemlich eng beieinander standen, waren nicht unangenehm anzuschauen: die kleinen Fenster in unregelmäßigen Reihen platziert, vermittelten den niedrig gebauten Häuser eine wilde Romantik. Nicht alle Fenster hatten Vorhänge. Die stillen schmalen Gassen führten bis zum Hang hinauf, wo die letzten Reihenhäuser das Dorf umrahmten. Filotis Haus befand sich fast am Rand der Ortschaft. Für die wenigen Einkäufe, die Ileana einmal in der Woche machen musste, ging sie jedes Mal zirka tausend Meter bis in die Ortsmitte, wo sich ein Gemischtladen befand.

Filoti verließ das Haus in der Gewissheit, dass am Abend jemand auf ihn wartete: die Frau, die ihm ein Kind schenken wird. Nachdem Ileana ihre Hausarbeit erledigte, nahm sie ihr geflochtenes Körbchen und machte sich auf den Weg zum Geschäft. So viel mir aus Erzählungen noch in Erinnerung geblieben ist, muss sie jedes Mal, wenn sie das Haus verließ, damit rechnen, dass da und dort böse Zungen über sie nicht besonders schmeichelhaft über sie redeten. Es waren immer dieselben Leute, die sich den Mund zerreißen, um den oder den schlecht zu machen. Als sie die Tür des Ladens öffnete, stand sie als Letzte in der kleinen Warteschlange Aglaia, mit Mihais Mutter, die noch immer ihre Schwiegermutter war. Im Geschäft gab es eine besondere Konfitüre aus der Türkei (Halva), die es nur selten zu kaufen gab, daher auch die Wareschlange im Geschäft und jeder hoffte, etwas davon zu bekommen. Diese Begegnung machte Ileana nicht sonderlich glücklich, doch sie musste gute Miene zum bösen Spiel zeigen. „Wie geht`s Ileana?", fragte Aglaia scheinheilig. „Du schaust glücklich und zufrieden aus, was ich von meinem Mihai nicht behaupten kann, seit du ihn verlassen hast. Er arbeitet sehr viel und Gott sei Dank hat er nicht viel Zeit zum Nachdenken." Ileana wich einer Antwort aus und fragte ganz etwas anderes, um dem Gespräch eine andere Richtung zu geben. Währenddessen ging die kleine Kolonne immer weiter, sodass vor Ileana nur noch drei Frauen standen. Der Verkäufer, ein älterer Mann, der jahrelang den kleinen Laden führte, freute sich besonders über das gute Geschäft, zusätzlich gab ihm jede Frau ein kleines Trinkgeld. Beim Weggehen konnte Aglaia sich eine feindselige Bemerkung nicht verkneifen: „Filoti soll sich nicht allzu viel Hoffnungen machen, sollte er von dir ein Kind haben wollen! Grüß Gott, ich muss gehen! Die Arbeit häuft sich schnell, wenn man nicht dahinter ist." Und weg war sie, mit zufriedenem Gesicht eilte sie durch die niedrig gebauten Häuser durch, deren Dächer zum Großteil noch mit Schilf gedeckt waren. Der Weg zum Bauernhof führte versteckt hinter Stauden und hohen Bäumen an Ileanas Haus vorbei, sie stieg den bewaldeten Hügel hinauf und verlor sich in dem weitläufigen Wald. Auch Ileana hatte Eile nach Hause zu kommen, bevor das Wetter umschlug. Ein Hügelwind verbreitete sich über den verschlafenen Wipfeln der Bäume aus und rüttelte sie wach, als Vorbote eines bevorstehenden Regens. Noch hielten sich die dunklen Wolken am Horizont gesammelt zurück. Doch der Ostwind trieb sie immer näher, während sich der verdunkelte Himmel von Blitzlichtern für Sekundenschnelle erhellten. Die dumpfen Geräusche der schweren Regentropfen ließen die Menschen das Ausmaß des Unwetters erahnen. Alles geschah in Eiltempo. Hagelkörner übersäten die Erde, doch zum Glück zog sich das Gewitter rasch vorbei ohne größere Schäden anzurichten. Sommergewitter mit Hagel und auch Windstürme waren nichts Neues in Poiana. Die Menschen dort arrangierten sich mit diesen Naturphänomenen, fanden sich damit ab, denn alleine der Allmächtige bestimmte, wie es auf der Erde aussehen sollte.

In einem kleinen Dorf sprachen sich neue Ereignisse schnell herum und so erfuhr fast jeder, nach dem etwas Besonderes passierte, schon ein paar Stunden später davon. So auch Ileanas Besuch bei der Hebamme. Er blieb nicht geheim, so wie sie das glaubte. Auch ihre Schwiegermutter bekam etwas über ihren Besuch bei der Hebamme mit. Doch sie tat sich schwer zu glauben, dass Ileana tatsächlich schwanger war. Dass in der Ehezeit der erwünschte Nachfolger nicht geboren wurde, lag nur daran, dass Ileana unfruchtbar war – das war die Überzeugung der Schwiegermutter. Doch zu ihrer Bitterkeit musste sie zur

Kenntnis nehmen, dass die Unfruchtbarkeit an ihrem Sohn Mihai lag und nicht an Ileana. Aus Missgunst bestrafte Aglaia Ileana jedes Mal, wenn sie sich trafen, sei es beim Einkaufen in dem kleinen Laden oder im Gemüsemarkt, mit eisiger Kälte und bitteren Worten. Die Wirklichkeit – Ileanas Bauchumfang wurde mit jedem Tag größer – schmerzte Aglaia und schien ihr täglich unerträglicher. Noch tiefer betroffen von Ileanas Schwangerschaft war Mihai. Seine Gesichtszüge verrieten eine tiefe Trauer, seine Stimme verlor an Klang, seine Wirtshausbesuche wurden rarer aus Angst, zum Gespött des Dorfes zu werden. Er gab sich seiner schmerzlichen Stimmung hin, redete immer weniger, dafür arbeitete er umso mehr. Die Sorgen um den fehlenden Nachfolger für seinen Bauernhof, ja sogar Verzweiflung, waren für seine Schulter eine schwere Last, die ihm die Lebensfreude raubte. Wie konnte er sich davon befreien? Die Flucht in die Einsamkeit schien ihm auf die Dauer kein geeignetes Mittel zu sein, doch davon später.

Filotis Stolz war nicht zu übersehen. Er bewunderte, ja himmelte Ileana jeden Tag mehr an. Es war alles anders in seinem Leben. Er fand endlich seinen Seelenfrieden und sein Glück. Nach dem Feierabend, in den ruhevollen Sommerabenden, verbrachte Filoti unter der Laube vor seinem Haus gemeinsam mit Ileana ungestörte Glücksmomente. Oft blieben sie draußen, bis sich der dunkle Schatten unaufhaltsam hinunter schlich. In dieser Stille der Nacht hörten sie das Plätschern des Brunnens, der sich unweit von seinem Gartentor befand. Am Saum des Hügels dehnten sich Ährenfelder aus, die im bleichen Mondlicht eine mystische Bedeutung bekamen. Kein Licht brannte mehr in den kleinen Häusern. Müde von der Arbeit versank das kleine Dorf und seine Bewohner in tiefe Ruhe. Auch Filoti nahm Ileanas Hand zärtlich in die Seine und so gingen sie in das Haus hinein. Ileana öffnete das Fenster im Zimmer und schaute noch eine Weile hinaus in die stille, dunkle, laue Nacht. Alleine das Gebell eines Hundes unterbrach die Stille. Die Petroleumlampe an der Wand gab ein diffuses Licht aus, jedoch ausreichend, um sich im Zimmer zurechtzufinden. Ileana spannte ein weißes Leinentuch über das breite Bett und holte aus dem Nebenzimmer die Schlafdecken. Der Schlaf ließ nicht lange auf sich warten, während sie ihm über das Haar streichelte und ihm zuvor einen Gutenachtkuss gab. Der Vollmond hatte sich hinter einer Wolke zurückgezogen, die Erde in Dunkelheit ruhen zu lassen. Filoti träumte davon, dass sein Kind in einer fortgeschritten Zeit leben würde, mit elektrischem Licht und Wohlstand. Es war gerade die Zeit, in der das elektrische Licht auch die Dörfer erreichte.

Die Geburt ihres ersten Kindes erwartete Ileana im Jänner. Ihr Glück war von der Tatsache überschattet, dass sie noch immer mit Mihai verheiratet war. Natürlich konnte Mihai nicht alles so hinnehmen, als wäre nichts gewesen: Schließlich würde Ileanas Kind seinen Namen tragen. In Poiana gab es, solange die Menschen denken konnten, keinen ähnlichen Fall. Scheidung war für diese Menschen ein Fremdwort, niemand redete darüber, es war etwas gegen die Sitte der Gesellschaft, daher war dieses Thema einfach tabu. Und doch: es schien so, dass es dieses Mal anders sein würde. Mihai befand sich in einem Dilemma. Ein Kind, das nicht von ihm gezeugt worden war, muss einen Namen tragen, weil seine von ihm getrennt lebende Frau, noch mit ihm verheiratet war. Nein, sein Männerstolz leidet zu sehr darunter und doch – ein Gedanke, der ihn im Verborgenen beschäftigte, vermittelte ihm eine gewisse Zuversicht. Hin und her gerissen, wenn auch gegen seine Überzeugung, beschloss er, Hilfe bei der Wahrsagerin zu suchen, jedoch durfte davon niemand erfahren. Obwohl, wie schon mehrmals erwähnt, solche Ereignisse blieben in einem kleinen Ort nie geheim.

Sein Besuch bei der Wahrsagerin in dem benachbarten Dorf, sollte unbedingt während der Nachtzeit stattfinden. Am Tag zuvor kam er nach der Feldarbeit etwas früher nach Hause. Auf dem Dorfplatz, wo sich der kleine Laden befand, war eine größere Menschenmenge versammelt. Anscheinend gab es wieder etwas Besonderes zu kaufen. Doch das interessierte ihn nicht, er war zu sehr mit seiner misslichen Situation beschäftigt.
Aus dem Schornstein des Bauernhofes stiegen Rauchwolken auf, links und rechts vom Wind geblasen, um sich dann in der Höhe zu verlieren. Seine Mutter bereitete in der Bauernstube das Abendessen vor. Mihai ging in das Schlafzimmer hinauf, öffnete das Fenster und beobachtete die kleinen Häuser, die weiter weg von seinem Bauernhof lagen. Nach einer Weile, nachdem es schon fast dunkel geworden war und die ersten Lichter am Himmel ihm entgegenblickten, schloss er das Fenster und setzte sich auf einen Sessel nieder. Die Stimme seiner Mutter, die ihn zum Abendessen rief, riss ihn unsanft aus seiner nachdenklichen Stimmung. Er brummte ein paar Worte vor sich hin und ging in die Küche. Der Tisch war gedeckt und wie jedes Mal vor dem Essen sagte Aglaia ein kurzes Gebet auf: „Gott segne die Mahlzeit, mit der du uns reichlich beschenkst." Nach dem Essen pflegte sie zu fragen, ob es geschmeckt habe. Mihai wischte sich den Mund mit dem Handrücken ab, dann gab er eine kurze Antwort: „Mutter, wie oft soll ich noch sagen, dass es nirgends so gut schmeckt wie bei dir!" Dann riss er, beinahe ungestüm, die Küchentüre auf und ging hinaus in den Hof. „Jetzt wäre der richtige Zeitpunkt," dachte er und zögerte noch eine gute halbe Stunde, bis er sich entschloss, in das etwa fünf Kilometer entfernte Nachbardorf zu gehen. Er nahm etwas Geld mit und seufzend richtete er seine Schritte vorwärts, trotz der Dunkelheit, die immer näher in die laue Nacht hinein schritt. Hoffnungsvoll ging er zu der Wunderhexe, um seinen Gedanken Klarheit zu verschaffen. Vorbei bei

der Mühle, wo alle Leute in der Umgebung das Getreide mahlten, ging er über einen Steg auf die andere Seite des Weges, wo sich unweit davon das Haus der Wahrsagerin befand. Endlich stand er vor ihrer Haustüre, klopfte vorsichtig an und wartete einige Augenblicke. Margaretes Schritte waren deutlich zu hören. „Wer ist da?", fragte sie. „Mach auf, Margarete! Ich komme aus Poiana und muss mit dir reden. Mein Name ist Mihai, du wirst mich sicher kennen. „Wer?", fragte sie, leicht möglich, dass sie etwas schwerhörig war. „Ich bin´s Mihai, aus Poiana." Margarete öffnete die alte hölzerne Türe und sah Mihai prüfend an. „Wie hast du gesagt, wie du heißt?" „Mihai, der Bauer Mihai Tanase von Poiana." Sein Bauernhof war in der näheren Umgebung bekannt, durch die großen Felder, die dazu gehörten. So ging er davon aus, dass ihn auch Margarete kannte. Mit Recht, denn nach einer Weile sagte sie ihm ohne Umschweife: „Ja ja, Mihai bist du?! Stimmt, deine Frau lebt nicht mehr in deinem Bauernhof?!? Schade, Ileana ist eine tüchtige Frau." „Stimmt, wir gehen keinen guten Zeiten entgegen. Es war nicht gerecht, sie wie einen streunenden Hund zu verjagen." „Komm herein, erzähl mir, was dich bedrückt."

„Eine teuflische Situation, aus der ich keinen Ausweg sehe, bewegte mich dazu, zu dir zu kommen. Mit dir reden möchte ich. Du lebst mit dem Teufel im Bunde, nur du kannst ihn besänftigen, um mich aus diesem Elend zu befreien. Ileana bekommt ein Kind von einem anderen Mann, aber dieses Kind wird meinen Namen tragen. Obwohl wir getrennt leben, sind wir nach wie vor amtlich und kirchlich verheiratet, was soll ich machen?" Margarete schwieg eine gute Weile, dann ging sie hinter einem schwarzen Vorhang, der sich in dem selben Zimmer befand, holte ein „Zauberglas", wie sie es nannte, gab ein Gemisch von Kräutern und andere Zaubermittel hinein, zündete eine Kerze an, murmelte irgendwelche unverständliche Worte und mit verlorenen Blicken starrte sie auf einen fixen Punkt auf die Zimmerdecke. Mihai fand dieses Ritual unheimlich, ja sogar beängstigend. Er wusste nicht, wie er reagieren sollte. Margarete war in diesen langen Minuten unansprechbar. In dem Zimmer herrschte Grabesstille, sodass er seinen Herzschlag hören konnte, so still war es um ihn. Nach einer geschätzten Viertelstunde fing Margarete wieder zu reden an. Ihre Worte verschafften ihm Erleichterung, aber auch Neugierde. Was würde sie ihm jetzt raten? Margarete trank aus einem Glas ein Schluck Wasser, um ihrer Stimme etwas Geschmeidigkeit zu verleihen. „Ileana wird einen Buben gebären, ein strammes, kräftiges Kind. Dieses Kind wird der Erbe deines Bauernhofes werden und du wirst glücklich mit ihm sein. Geh heim und mach deine Arbeit weiter wie bis jetzt, gedulde dich, mehr kann ich dir nicht sagen." Auf seinem Weg nach Hause gingen ihm unaufhörlich unzählige Gedanken durch den Kopf. Nach der kurzen Erleichterung, die er zuvor empfand, wurde er dann aber noch verwirrter als zuvor. Halb enttäuscht über Margaretes Prophezeiungen, die ihm absurd vorkamen, halb vorsichtig, halb erfreut, ob es nicht doch eintreten würde, was sie ihm sagte, musste er feststellen, dass die gleiche Unklarheiten wie vorher seinen Geist beherrschten. Nach einer Stunde Fußmarsch, von Grübeleien und Zweifel zermürbt, kam er endlich nach Hause. Sein Gesicht benötigte Ruhe, um seinem Leben etwas Ordnung zu geben.

Es verging eine Woche, seit seinem Besuch bei der Wahrsagerin. Doch er musste mit Erstaunen feststellen, dass ihm ihre Prophezeiungen nicht aus dem Kopf gingen. Nein, was sie ihm vorhersagte, konnte nie Wirklichkeit werden! Es war nur ein Hokuspokus eines alten Weibes, die mit ihren Absurditäten die Menschen verunsicherte. Er beschloss, ohne vorher seine Mutter in Kenntnis zu setzen, zum Bezirksgericht zu fahren, um sich zu erkundigen, wie diese Heirat aufzulösen wäre. Noch war die Zeit ungünstig

– es war Hochsommer und die Arbeit im vollen Gang. Aber er musste trotzdem einen Wochentag opfern, andere Möglichkeiten gab es nicht. Seiner Mutter erzählte er zu einem Viehmarkt fahren zu müssen, der ihn einen ganzen Tag in Anspruch nehmen würde. Beim Bezirksgericht gab es nur einen einzigen Richter. Seine Zuständigkeit umfasste ein weiteres Spektrum – er war für alles zuständig und verantwortlich. Sein Aussehen war beachtlich, ja es übertraf sogar das Aussehen des Pfarrers, in dem die Menschen eine Respektperson sahen.

Beim Gericht angekommen, kam ihm ein kleiner Beamter entgegen, lud ihn in sein Büro ein und hörte sich sein Anliegen an. „So, Sie wollen sich scheiden lassen?", fragte der Beamte, nicht ohne ihn spüren zu lassen, dass er ein Gerichtsbeamter war, eben etwas Höheres. „Sie müssen alle Papiere zusammenlegen: Heiratsurkunde, Geburtsurkunde, Meldezettel, die Ihrige und die der Frau, aber überlegen Sie noch einmal, bevor Sie diesen Schritt machen und vergessen Sie nicht, dass Sie auch Zeugen brauchen, die die Schuld Ihrer Frau bekräftigen sollen. Aber wie gesagt: überlegen Sie noch, abgesehen davon, dass eine Scheidung bis zu einem Jahr dauern kann, Herr Bezirksrichter hat sehr viel zu tun." Auch der Besuch beim Gericht war nicht gerade ermutigend.

Die Tage vergingen, ohne dass er sich ernsthaft mit dem Gedanken der Scheidung beschäftigte. Er war zu sehr von der Arbeit abgelenkt. Mihai hatte des Öfteren abends die Gewohnheit, in den Garten zu gehen, den nächtlichen Himmel zu beobachten, um festzustellen, wie das Wetter am nächsten Tag sein wird. Er murrte jedes Mal, wenn dunkle Gewitterwolken den Himmel bedeckten, die eventuell seine Ernte bedrohen könnte. Dann ging er mit eilenden Schritten ins Schlafzimmer zurück, hoffend, dass es sich Herrgott bis zum nächsten Tag doch noch anders überlegen würde. In Poiana regnete es öfters einige Tage hintereinander, danach kamen heiße Sommertage. Die

Weizenfelder waren zum Großteil von Früchten abgeräumt und schienen sich nun genüsslich auszuruhen. Bei der Arbeit fühlte sich Mihai glücklich; wenn der Nachbar bei seinem Feld vorbei kam, unterhielt er sich fröhlich mit ihm und machte dabei den Eindruck, mit sich und seiner Welt in vollkommener Harmonie zu leben. Doch nach der Arbeit, alleine zuhause, überkam ihm düstere Einsamkeit, die ihm hartnäckig schlaflose Nächte bescherte.

Die Tage vergingen, ohne dass sich etwas in seinem Leben verändert hatte. Die Freude an der Arbeit verwischte den Eindruck, er sei im Grunde genommen ein unglücklicher Mann. Die herbstliche Sonne wärmte sanft die ausgetrocknete Erde. Noch setzte die Regenzeit nicht ein. Die Wolken strotzten von Unentschlossenheit, deshalb blieb auch der Regen aus.

Derweil, Tag für Tag, Woche für Woche, genoss Ileana die Schwangerschaft, die sie so stolz machte. Sie war nicht mehr so jung, daher schätzte sie durchaus ihr spätes Glück. Filoti kam spät nach Hause, doch wenn er seine schwangere Frau sah, verflog seine Müdigkeit und er versicherte ihr zum ungezählten Male, wie schön sie war und wie sie ihn glücklich machte. Mit seinen kräftigen Armen berührte er geradezu zärtlich ihren Bauch und flüsterte ihr leise etwas Schönes zu. Vom Nachbarhaus, hinter den Gardinen des Küchenfensters, beobachtete die alte Frau mit ihren neugierigen Blicken ziemlich alles, was in Filotis Haus geschah. Die alte Nachbarin lebte mit ihrem ebenfalls betagten Mann in einem kleinen Haus, wenige Meter von Filotis Haus entfernt. Die vier Kinder, die sie groß gezogen hatte, waren schon längst aus dem Haus. Das Leben des alten Ehepaares verlief unter diesen Umständen ruhig, ja langweilig, daher verfolgten sie jedes noch so kleine Ereignis mit wachsamem Interesse. In der Sommerzeit verweilten sie in dem verwilderten Garten vor dem Haus auf ihrer Holzbank in einem Zustand der angenehmen Verträumtheit, halb wach und halb im Schlaf. Ab und zu kam der ältere Sohn vorbei, der auch in Poiana wohnte, um die gröbere Gartenarbeit zu verrichten. Gelegentlich unterhielt sich auch Ileana über den Lattenzaun mit der Nachbarin, doch nur über belanglose Sachen, da Ileana sie als nicht besonders vertrauenswürdig einschätzte.

Natürlich war es nicht einfach für Ileana, wusste doch jeder, dass sie verheiratet war und doch zugleich mit einem anderen Mann zusammenlebte, von dem sie auch noch ein Kind erwartete. Doch diese Augenblicke ließ sie vorübergehen und als werdende Mutter - ungeachtet des Dorftratsches - behielt sie souverän ihre weibliche Würde. Schließlich und endlich war nicht sie diejenige, die ihren Mann verlassen hatte. Die Kaltherzigkeit ihres Mannes machte ihr genügend Kummer – doch jetzt war es anders, ganz anders. Filoti war gütig, aufmerksam, liebevoll und er war der Vater ihres ungeborenen Kindes – und nur das alleine zählte. Sie hielt sich den ganzen Tag im Garten oder im Haus auf, freute sich über ihre Gemüsepflanzen, die sie mit Hingabe pflegte, über die betörend duftende „Königin der Nacht", die sie besonders liebte und nicht zuletzt die würzige Luft aus dem nahe gelegenen Wald, die Atmosphäre sanft berauschend. Das lenkte sie von den unerfreulichen Gedanken ab, auch Filoti trug das Seinige dazu bei. In den Sommertagen, nach getaner Arbeit im Garten, saß sie öfters auf der Hausbank unter einer mit Efeu bewachsenen Pergola und strickte für ihr ungeborenes Kind Socken, Hauben, Handschuhe und Decken. In der Handarbeit war sie kaum zu übertreffen. Das war neben dem Gemüseanbau eine zusätzliche Einnahmequelle, die ihre Existenz sicherte. Ileana beabsichtigte ihr Haus samt großem Grundstück zu verkaufen: mit dem Erlös sollte Filotis Haus, das auch ihr Wohnsitz geworden war, verschönert werden. Doch Filoti vertrat nicht ihre Ansicht,

das Haus zu verkaufen, zumal er selber genug Grundstück bei seinem Haus hatte, um den Gemüseanbau auszudehnen, wie es sich Ileana vorstellte. Doch dieses Thema wurde für einige Zeit nicht mehr diskutiert und jeder beschäftigte sich unverändert mit seiner bisherigen Tätigkeit. Wenn es die Zeit erlaubte, meistens am Wochenende, traf Filoti seine Freunde in der Kneipe, die er bereits eine Weile vernachlässigte. Die Kneipe war die einzige Möglichkeit, die graue Eintönigkeit einer ganzen Arbeitswoche ein wenig zu beleben, etwas Farbe in das Leben zu bringen und Neuigkeiten auszutauschen. Während Filoti Samstagabend die Zeit in der Kneipe verbrachte, beschäftigte sich Ileana mit der Hausarbeit: das Bett wurde beinahe andachtsvoll frisch überzogen, mit den von ihr selbst bestickten Decken an der Seitenwand, die Gänsedaunen wurden gut gelüftet, auf den frisch gesäuberten Boden wurden Teppiche ausgebreitet und nicht zuletzt eine weiße viereckige Tischdecke vervollständigte den feinen Schliff des Zimmers. Dann war es eine Freude für sie in die Küche zu gehen, um das Essen vorzubereiten. Ihrer guten Stimmung hingegeben murmelte sie ein Volkslied vor sich hin. Ein Blick auf die Uhr, die auf einer kleinen Wandkonsole stand, zeigte, dass Filoti bald kommen würde. Die ratternden Reifen des alten Kleinbusses auf den harten Erdweg, hörte man von Weitem. Zweimal am Tag, in der Früh und am Abend fuhr der Bus durchs Dorf, um die Arbeiter zum Arbeitsplatz beziehungsweise nach Hause zu bringen.
Ileana stand an der Türschwelle und wartete auf ihn. Er streckte seine Hände aus, nahm sie in seine Arme, ließ seine Hände über ihre Schultern, ihre Ellbogen gleiten, die in einer Baumwollbluse verborgen waren und sagte leise etwas Schönes. Nach diesem zärtlichen Austausch, der sich jeden Abend wiederholte, stützte sie ihre Finger gegen seine Brust und befreite sich sanft, während ihr eine Strähne ins Gesicht fiel. Filoti fand sie schön. Lange Zeit lebte er in

dem Glauben, dass es nur eine einzige Liebe gäbe, als größter Reichtum des inneren Lebens; doch als sie, wie ein junges Mädchen, ihn des Öfteren fragte, ob er sie lieb hatte, wusste er, dass es Liebe je nach den Umständen des Lebens nicht nur einmal gab. Obwohl er nach dem Tod seiner Frau wochenlang untröstlich über sein zerschlagenes Glück weinte, nun musste er zugeben, dass das Leben ihm eine zweite Chance offenbarte. Er fühlte sich wie neugeboren und nahm, gereifter in seinen Empfindungen, das neugewonnene Glück dankbar an. Die Erinnerungen begannen sich in der dunklen Vergangenheit zu verlieren. Während dieser kurzen Umarmung konnte nichts aus der Außenwelt in seine ruhige Seele eindringen; kein Laut, kein Wort. Durch seinen Geist zogen schwerelose Gedanken, die sich nun mit der Freude der Liebe beschäftigten und ihn frei machten. War das die Seeligkeit, die von Poeten und Philosophen in ihren Werken dargestellt wurde? Die entbrannte Leidenschaft, die von keinen Gegenargumenten etwas wissen wollte, hatte die beiden erkennen lassen, dass sie sich nie und nimmer voneinander trennen würden. Filoti baute in seinem Geist eine neue Welt. Es war wie ein zweites Leben. Es war ein zweites Leben, das dazu diente ausschließlich mit Ileana dieses neu gewonnene Leben zu teilen.

In der Küche duftete es nach frisch gekochter Fisolensuppe. Mit sanft klingender Stimme sagte sie zu ihm: „Du bist müde und hungrig. Komm, setz dich, das Essen ist schon am Tisch." Aus den großen Suppentellern, die bis zum Rande mit heißer Suppe gefüllt waren, stieg ein leichter, appetitanregender Dampf hinauf. Das gedämpfte Licht der Petroleumlampe zauberte in den kleinen, gemütlichen Raum eine romantische Stimmung. Die Abendsommerluft, die durch das leicht geöffnete Fenster hinein drang, roch nach abgeernteten Weizenfeldern und vermischte sich mit dem Duft der Suppe. Nach dem Essen, auf ihrem Weg zum Kochherd, fragte Ileana plötzlich: „Hast du einmal ernsthaft nachgedacht, ob du an Gott glaubst?" „ Weißt du, Liebste – an Gott glaubt man, wenn man nicht mehr weiter weiß, wenn man am Rande der Verzweiflung steht oder wenn man überglücklich ist. Und ich bin überglücklich." Während er redete, ging er zu dem geöffneten Fenster, doch draußen war es still. Der Wind schien im dichten Geäst der alten Kirschenbäume eine Ruhepause einzulegen. Die nächtliche Schwärze dehnte sich wie ein fein gewebter Seidenschleier über das ganze Dorf aus: kein Rascheln im Gebüsch, kein wehmütiges Eulengeschrei. „Weißt du, Ileana? Ich werde mit Gott eine Abmachung treffen – sollte einer von uns sterben, soll sich Gott darum kümmern, uns in dem überirdischen Leben zusammen zu führen, gemeinsam mit unserem Kind." „Wir wollen doch hier weiter leben, die Geburt unseres Kindes erleben, ihm beim Heranwachsen zuzusehen, eben wie eine richtige Familie." Filoti lauschte noch immer in die Finsternis, doch diese gesegnete Stille gab keinen Laut preis. In diesem Moment fühlte er sich Ileana unendlich nahe, alles stimmte zwischen den beiden, als wären sie eigens füreinander geboren. Wochen und Monate schwelgte er in diesem Glücksgefühl, doch manchmal, unbemerkt, schlich sich wie ein vorbeiziehender Blitz eine unerklärliche Angst ein. Dann murmelte er vor sich hin: „Meine Frau". Dieser Gedanke schien ihm wie ein Zauber, den er vielleicht nie erreichen würde. Ileana wird nie ganz seine Frau sein, ihn nie heiraten können, nie seinen Namen tragen – es beschäftigte ihn ständig, irgendwo in seinem Geist. Doch manchmal kam es an die Oberfläche, als würde es aus einem Winterschlaf aufwachen, nahm Angstgestalt an, um seinen inneren Frieden, wenn auch nur für kurze Zeit, aus dem Gleichgewicht zu bringen. Und immer sagte er sich: „Alles wird gut!"

Inzwischen vergingen Wochen, doch Mihai unternahm nichts, um die Scheidung von Ileana durch zu ziehen. Es hatte den Eindruck, dass er sich mit dieser Situation abfand und gar nicht mehr daran dachte, es zu ändern. Auch die Dorfbewohner schienen sich an diese ungewöhnliche Situation gewöhnt zu haben, denn es wurde nur gelegentlich dort und da davon geredet. Neue Ereignisse verdrängten die Alten, das war immer und überall so. „Wie merkwürdig uns manchmal das Schicksal begegnet", dachte Filoti „Warum habe ich gerade diese Frau als Lebenspartnerin gewählt? Obwohl ich gewusst habe, dass sie verheiratet ist. Ist das eine unsichtbare Energie, die uns leitet? Ist eine göttliche Kraft im Spiel, der wir nicht entkommen können?" Da er keine Antwort fand, verzichtete er darauf, sich weitere Fragen zu stellen. Er liebte Ileana, sie war die richtige Frau für ihn. Sie war seine Frau – diese Worte: seine, sowie meine, hatten auf ihn elektrisierende Wirkung.

Die Schwangerschaft verlief normal. Es war Anfang Oktober, in vier Monaten würde Ileana ihr erstes Kind auf die Welt bringen. Ein Mädchen oder einen Buben – das wusste sie noch nicht. Das hatte auch keine Bedeutung; sie würde ein Kind bekommen: Ihr und Filotis Kind – nur das zählte. Als er im Schlaf sein Ohr an ihren Bauch hielt, um ein Geräusch des ungeborenen Kindes wahr zu nehmen, vergaß er die Welt draußen, die ihm von Zeit zu Zeit Angst machte und sein Glück überschattete. Die Herzschläge seines Kindes machten ihn stark, zuversichtlich und mutig. Er blieb noch eine Weile wach und freute sich, diese erhabenen Augenblicke des Glückes genießen zu dürfen. Er gab Ileana einen Kuss und während sie im Dunkeln lagen, versuchten sie sich vorzustellen, wie sie als glückliche Eltern neben dem friedlich schlafenden Kind verweilen würden. Gegen Mitternacht gewann der Schlaf die Oberhand und sie erwachten, als das Morgengrauen durch die weiße Gardinen ins Zimmer durchdrang. Ileana stand zuerst auf, bereitete ein bescheidenes Frühstück zu, so wie immer: Eierspeise mit Speck und hausgemachtes Brot dazu. Filoti trank ein Glas Obstmost, während Ileana ihm eine Jause einpackte. Die Frühstückszeit dauerte meistens eine halbe Stunde, dann hörte man draußen den an Altersschwäche leidenden Bus laut keuchend: der Fahrer drückte kurz auf die Hupe, Filoti verabschiedete sich von seiner Ileana mit einem schnellen Kuss und schon fuhr er mit seinen anderen Kollegen in die Arbeit. Der Auspuff hinterließ eine schwarz–graue, stark nach Diesel riechende Rauchwolke, doch die Fahrzeuge waren so wenige in der Gegend, dass das Vorbeifahren eines Autos durch die Ortschaft nahezu ein Ereignis war. Ileana hielt eine Weile, vom Balkon aus, Ausschau nach ihm; danach hatte sie eine Menge zu tun: sie fing an, den Küchentisch abzuräumen, Geschirr abzuwaschen, dann ging sie in den Garten, um Blumen zu gießen und Unkraut in den Gemüsebeeten zu jäten und den Boden mit einer kleinen spitzen Harke aufzulockern. Diese Arbeit empfand sie etwas mühsamer gegenüber früher, daher hörte sie noch vor der Mittagszeit mit der Arbeit auf. So verrannen die Sommertage: einer gleich dem anderen, dessen Mittelpunkt die bevorstehende Geburt ihres Kindes war. Angesichts dieses mit übermäßigen Freuden erwartenden Momentes strahlte sie eine große Zufriedenheit aus. Ihr eigenes Leben war der Spiegel ihres täglichen Glücks und doch: sie hörte nicht auf, sich selbst zu fragen, ob sich Mihai nicht doch scheiden lassen würde und wenn nicht, welche Folgen würde diese Situation auf ihr Leben mit Filoti und ihr Kind haben? Da der Mensch ein fragendes Wesen ist, stellte sie sich immerfort Fragen, doch ihre Fragen waren jetzt grundsätzlich anders als zuvor: ob die Geburt gut verlaufen würde, ob sie alle Qualitäten einer guten Mutter besaß, um dem Kind eine unbeschwerte Kindheit zu ermöglichen, ob das, ob jenes…

Doch eines war für sie sicher: das Leben würde immer wieder irgendwelche Probleme bereiten, denen man sich stellen sollte, denn ein Entkommen vor sich selbst gibt es nicht. Davonlaufen heißt nicht, das Problem hinter sich zu lassen, denn in unserem Kopf, in dem das Problem fest steht, würde das mitlaufen. Die Dinge so zu akzeptieren wie sie waren, schien ihr nun das Richtige zu sein. Jetzt und hier zu leben – sich dankbar für die vielen positiven Aspekte zu zeigen. Sie trug schlussendlich eine doppelte Verantwortung: für ihr eigenes Leben und für das Leben ihres Kindes. Das bedeutete: vorhandene Situationen so zu nehmen, wie sie waren, dann mit der ganzen Energie zu arbeiten, die in ihren Kräften enthalten waren, um das Gute zu bewahren, zugleich aber, die Unannehmlichkeiten zu begrenzen, ohne Angst vor den unvermeidlichen Veränderungen.

Ihr altes Leben, wie sie es jahrelang kannte, das ihr zwar in der kleinen Gesellschaft einen gewissen Platz einräumte, hatte sie verlassen oder verlassen müssen. Jedoch die Spuren dieser vergangenen Zeit wollte sie verwischen. Eine nicht zu leichte Aufgabe, zumal Mihai noch immer ihr Ehemann war. Und wiederum sagte ihr die innere Stimme: „Viele Dinge im Leben erledigen sich von selbst!" Daran musste sie glauben. Die bevorstehende Geburt ihres Kindes, diese überaus freudige Veränderung empfand sie wie eine Pilgerschaft zu einem sonnigen, sorgenfreien Platz, wo das neue Leben die vollkommene Balance finden würde. Dieses unschätzbare Glück betrachtete sie auf ihre Wanderung durch ihren neuen Lebensabschnitt, jeden Augenblick im vollen Bewusstsein, mit demütiger Dankbarkeit. Es war ein Gottesgeschenk, indem sie alles fand, was ihr Herz begehrte. Sie lebte in dem Augenblick, wohl wissend, dass die Vergangenheit an Bedeutung verlieren wird, während die Zukunft noch unterwegs war. Angesichts dieser weisen Betrachtungsweise konnte man behaupten, Ileanas Geist glich dem Geist eines

Philosophen, wenn man bedenkt, dass ihre Schulkenntnisse nicht über den Hauptschulabschluss hinausgingen, eine erstaunlich kluge Frau. Filoti wurde im Umgang mit ihr immer sanfter und liebevoller.

Während die Sommerzeit sich dem Ende näherte, genoss Ileana das Leben als werdende Mutter in vollen Zügen. Jeden Abend, wenn Filoti von der Arbeit nach Hause kam, musste sie jedes Mal sanfte Kritik einstecken: „Du siehst müde aus, ich glaube, du arbeitest zuviel, Liebste" „Ach, ein bisschen Arbeit und die gute Luft tun mir gut – mach dir keine Sorgen!" Nach dem Abendessen setzte sich Filoti mit ausgestreckter Hand in die Küche auf das Sofa. Schöne Wachträume begannen durch seinen Geist zu fließen. Das spärliche Licht der Petroleumlampe reichte gerade dazu, um sich im Zimmer orientieren zu können. Und doch: es waren Augenblicke des Glücks, frei von Gefahren, die überall lauern konnten.
Ausgelassen, außergewöhnlich fröhlich, räumte Ileana das Geschirr vom Esstisch und sorgte dafür, dass das Zimmer ordentlich aussah. Danach ging sie zum Fenster und blickte in die Nacht hinaus. Die Lichter des Himmels, der sich im Ansteigen befindlichen Mond, umringelt von unzähligen Sternen, warfen auf die Erde ihr mattes, ja fast stumpfes Licht. Im Ofen loderte noch immer das Feuer, das zusätzlich zu der Petroleumlampe das Licht im Zimmer etwas verstärkte. „Ein Spaziergang durch die friedliche Siedlung würde uns gut tun!", redete Ileana ihrem Filoti zu. Er machte die Augen auf, blickte sich im Zimmer um, als wollte er eine besondere Entdeckung machen, nahm ihre Hand in die seine und raunte: „Ich mache dir gerne diesen Gefallen und hielt ihre Hand fest, als hätte er Angst, dass sie ihm entkommen würde. Er küsste sie und gemeinsam schritten sie zu der Tür, die sich in den Garten öffnete, blickten einige Momente auf die Türschwelle und lauschten im Schatten der Dunkelheit dem Geschrei eines einsamen

Vogels. Die Müdigkeit war ihm im Gesicht anzusehen, jedoch beschloss er, durch die ruhig gewordene Siedlung spazieren zu gehen. In der Dunkelheit der Nacht fühlten sie sich unbeobachtet. Sie waren wie zwei Kinder aus einem schönen Märchen, glücklich, ein ganz normaler Zustand zweier Liebenden, der trotzdem so schwer in einfachen Worten zu beschreiben war. Offensichtlich waren es kostbare Gefühle, die nicht immer beschrieben werden wollten. Und doch glaubten die zwei, dass solche Empfindungen zum ersten Mal seit Entstehung der Welt mit ihnen den Anfang machten. Während sie eine schmale Strasse überquerten, lief ihnen eine streunende Katze über den Weg, die auf der Suche nach etwas Essbarem war. Ileana versuchte mit sanften Rufen, die Katze zu sich zu locken. Das abgemagerte Tier tat ihr leid und sie wollte sie mit nach Hause nehmen. Es gelang ihr nicht. Die arme Kreatur hatte offensichtlich nur schlechte Erfahrungen mit den Menschen gemacht und versteckte sich hinter einem Holzhaufen, froh darüber, dass ihr die Flucht gelungen war.

Einige Wolken bedeckten den leuchtenden Mond, sodass sich die dunkelgraue Dunkelheit der Nacht etwas verdichtete. Auf dem Weg nach Hause hatten die beiden keine Eile: sie gingen im gleichmäßigem Rhythmus, schweigend ihre Hände haltend. In diesem Zustand der übersteigernden Freude blitzte eine unheilvolle Ahnung durch Filotis Geist, doch: mit sturer Entschiedenheit unterbrach er abrupt die spekulierenden Gedanken, bevor sie seine gute Stimmung beeinflussen konnten. Das hölzerne Tor, das mit einem schön verzierten Bogen versehen war, war bereits in Sichtweite. Aus dem Fenster des benachbarten Ehepaares drang ein schwaches, mattes Licht. Sie gingen immer spät schlafen und wachten sehr früh auf. Die alten Menschen, wie dieses Ehepaar sagte, kommen auch mit wenig Schlaf aus. Ileana und Filoti durchstreiften das Tor, den kurzen Weg, der wie eine Allee aussah, links und rechts Weinstöcke, die, obwohl Spätherbst war, noch einige überreife Weintrauben darauf hängen hatten. Der Spaziergang tat seine Wirkung: eine wohltuende Müdigkeit schlich sich in ihre Körper. Das breite Bett mit den festen Strohmatratzen, die großen Daunenkopfkissen und Tuchente aus reiner Baumwolle versprachen, wie alle Abende auch, einen ruhigen Schlaf. Die Wolken, die zuerst nur vereinzelt den Himmel unsichtbar machten, schlossen sich dicht zusammen, dicht über den Dächern hängend und plötzlich fielen große Tropfen im tosenden Lärm auf die Erde nieder. Wieder eine Nacht voller Träume, die Ileana so liebte, Träume, die sich oft auch über den Tag hinaus ausdehnten, sodass sich Traum und Wirklichkeit vermischten, als wären sie eine einzige Einheit, die ihr es schwer machten, diese Zustände auseinander zu halten, doch in dieser guten Laune verharrte sie gerne. Ileana zählte die Stunden, die Tage, die Wochen bis zu ihrer Niederkunft: im Februar, also noch mitten im Winter, soll die Geburt stattfinden.

Es war der 16. Februar:
Die Nacht verbrachte Ileana unruhig, die Zeit nach ihrer Rechnung war gekommen, die Geburt stand bevor. Die kleine Uhr auf der Kommode zeigte fünf Uhr morgens. Licht war noch nicht in Sicht, während die Geburtswehen plötzlich einsetzten und Ileana große Schmerzen verursachten. Die einzige Hebamme wohnte zirka eine Viertelstunde Fußmarsch entfernt. Filoti machte diese Erfahrung zweimal zuvor mit seinen verstorbenen Kindern. Obwohl er Ileana nicht gerne alleine lassen wollte, blieb ihm trotzdem nichts anderes übrig, als sich zu beeilen, um die Hebamme herbeizuholen. Die alte Frau, die nie den Hebammenberuf erlernte, jedoch vielen Kindern half, gesund auf die Welt zu kommen. Ohne ein bisschen zu zögern, zog sie ihre „Berufskleider" an – eine weiße Schürze – und ging gemeinsam mit Filoti so schnell wie

möglich zu Ileana nach Hause. Als sie bei ihr ankamen, es war kurz nach sechs Uhr morgens, wartete auf Filoti der kleine Bus, der ihn täglich zur Arbeit brachte. Seine Kollegen wussten nicht, dass Ileana vor der Geburt ihres Kindes stand. Als er ihnen die freudige Nachricht schilderte, hatten sie Verständnis dafür und er durfte an diesem Tag zuhause bleiben. Im Auftrag der Hebamme zündete er das Feuer im Ofen an, füllte ein großes Gefäß mit Wasser und wärmte dies auf der Ofenplatte. Das warme Wasser benötigte man für das Bad des Neugeborenen. Das Kind hatte offensichtlich keine Eile auf die Welt zu kommen. Zum Leidwesen seiner Mutter, die seit zwei Stunden mit den Schmerzen kämpfte. Die Hebamme, eine sehr ruhige und gütige Frau, ermutigte sie durch gutes Zureden und gezielte Anweisungen, wohl wissend, dass es nicht problemlos verlaufen würde.

An dem frostigen Februarvormittag ging plötzlich durch das Zimmer ein Schrei: ein winziges Menschenkind, ein Junge, erblickte das Licht der Welt. In diesem Augenblick vergaß Ileana ihre Erschöpfung, sie erlebte die glücklichsten und aufregendsten Momente ihres Lebens. Die Hebamme legte ihr Kind in die Hand. Ihre Sehnsucht wurde endlich erfüllt: mit rührender Art und Weise umklammerte sie das Neugeborene und presste ihn sanft an ihre Brust, während ihr klar wurde, dass das Kind der größte Reichtum ihres Lebens war und für ihre Zukunft die schönste und wichtigste Aufgabe bedeutete. Sie hob den Kopf, beugte sich über das kleine Wesen, streichelte ihn und sie fühlte sich erleichtert. Angesichts der übermäßigen Freude verlor sie sich gern für kurze Zeit in die süßen Wachträume, die eine berauschende Wirkung auf ihre Seele ausübten. Die Türe zu dem Nebenzimmer öffnete sich leise. Mit zitternden Schritten näherte sich Filoti „seiner Frau", berührte fast ängstlich mit stiller Bewunderung seinen neugeborenen Sohn, als wollte er den Zauber des Augenblicks einfangen, um es wie einen großen Schatz in

seinem Herz lebendig zu bewahren. Er wischte seine feucht gewordenen Augen aus und blickte Ileana und seinen Sohn liebevoll an. Ja, er hatte schon lange zuvor einen Namen für seinen Sohn ausgesucht, da er in dem festen Glauben lebte, es wird ein Sohn werden: Stefan soll er heißen. Doch plötzlich verdunkelte ein Traurigkeitsschleier sein Augenlicht: Stefan, sein Sohn, würde nie seinen Namen tragen können: Er war sein außerehelicher Sohn. Dieser entsetzliche Gedanke verursachte in ihm eine körperliche Schwäche, die er nur mit großer Anstrengung zu verbergen versuchte. Tagelang erweckte er den Eindruck, nicht geschlafen zu haben.
Filoti hatte Glück, dass es Winter war und am Straßenbau stand die Arbeit still. So konnte er gute zwei Wochen zuhause bleiben, jeden Tag seinen Sohn sehen und sich an seinem Anblick zu erfreuen. Er redete Ileana gütig und liebevoll zu: „Lass uns glücklich sein, so gut wir können. Stefan wird uns die nötige Kraft dazu geben." Während er Ileana ermunternde Worte zuredete, wandte er seine sanften Blicke auf seinen ahnungslosen, gerade zwei Tage alten Sohn und lächelte gelassen; sein Zweifel verlor sich, er empfand so, als würde er ein staubiges Kleiderstück abschütteln. Alle beide müde, sanken auf das breite Bett und schliefen tief ein – ohne weiteren Ängste. Es war der dritte Morgen nach Stefans Geburt. Ein frostiger Februartag kündigte sich an. Die Morgensonne blickte mutig herunter, doch ihre Wärme erreichte die Erde nicht. Das Feuer im alten Ofen loderte die ganze Nacht gleichmäßig dahin und verbreitete in dem kleinen Zimmer eine wohlige Wärme. Ileana, sich aufrichtend, sah ihr Kind bewundernd an. Die Tage vorher war sie von den Geburtsstrapazen zu müde gewesen, während Filoti das Frühstück bereitete. Im Laufe des Tages bekam Ileana Besuch von ihrer Hebamme; sie erachtete es als ihre Pflicht, bei den Wöchnerinnen, die sie bei der Geburt betreute, auch nach der Geburt nach dem Rechten zu

sehen. Für ihre Arbeit bekam sie nur selten Geld, meistens erhielt sie Naturalien (Eier, Mehl, Gemüse), die genauso willkommen waren wie das Geld. Die zwei Wochen, die Filoti zuhause verbrachte, beschäftigte er sich mit Holz hacken, den Gartenbäumen verpasste er den Frühlingsschnitt, jedoch nahm er sich auch für seinen Sohn ausgiebig Zeit. Gegen Ende Februar fing er seine Arbeit wieder an, da sich die klimatischen Verhältnisse wieder besserten.

Der Winter verging, es war im April und in der Natur begann alles zu blühen. In dem Garten stimmten die Singvögel meisterlich ihren Gesang an, auch die Störche kamen von ihrer langen Reise zurück; einer davon ließ sich auf der alten Scheune nieder, die gleich hinter Filotis Haus stand und wo er seine alte Rast– und Brutstätte hatte, um festzustellen, ob er sein Nest reparieren musste. Wie jedes Jahr um diese Zeit lockte die wärmende Sonne hinaus. Auch die Arbeit im Garten konnte man nicht mehr in die Länge ziehen, wenn man eine reichliche Gemüseernte erreichen wollte. In seiner aus Holz geschnitzten Wiege lag Stefan an einem sonnigen Platz im Garten, während seine Mutter die Gemüsebeete bearbeitete. Die Taufe stand auch bevor. Es war üblich, das Kind drei bis vier Monate nach der Geburt taufen zu lassen. Die Taufzeremonie wurde für Anfang Mai fest gesetzt. Als Taufpate wirkte eine entfernte Verwandte von Ileana. Die Tauffestlichkeit dauerte eine gute Stunde und wurde nach dem orthodoxen Ritual in der Dorfkirche durchgeführt. Anschließend fand das Festmahl draußen in Filotis Garten statt, denn die Hausräume waren zu klein. Die gesamte Nachbarschaft wurde eingeladen, die auch alle erschienen, sowie der Geistliche, der vorher die Taufe zelebrierte. Bevor das Essen serviert wurde, ließ er Mutter und Kind in ausgewählten Worten hoch leben, danach hielt er noch eine allgemeine Rede über Gott und die Menschen und erntete von den Anwesenden Bewunderung und Anerkennung. Der Pfarrer war nach wie vor eine Respektperson im Dorf. Anschließend bedankte sich Filoti bei ihm; das Festmahl konnte serviert werden. Einige Bekannte von Ileana waren die Köchinnen, darunter auch die Hebamme. Filoti, in seiner ruhigen, freundlichen Weise, stets mit lächelndem Gesicht, sorgte dafür, dass es genügend Rotwein auf dem Tisch gab. Man sah ihm an, dass er auflebte und er wetteiferte mit Ileana in Liebes– und Aufmerksamkeitsbekundungen. Ileana streichelt sein spärlich gewordenes Haar auf der Stirn, während Stefan in seiner Holzwiege daneben den ganzen Rummel um ihn verschlief.

Die Maisonnenstrahlen fielen zögerlich durch die frisch begrünten Marillenbäume auf den gedeckten Tisch. Rundum zeigten sich die Sträucher in voller Blüte, das Feld war dunstfrei und die nach frisch duftender Luft war eine Wohltat für alle. In dieser Naturkulisse, die ausgelassene Stimmung der Gäste steigernd, vergingen einige schöne Stunden. Noch bevor sich die Sonne im Abendrot verbarg, um sich langsam hinter dem Horizont zu Ruhe zu setzen, gingen die gut gelaunten Gäste, jeder in eine andere Richtung, nach Hause. Das aufwendige Fest trug dazu bei, dass Filotis Ansehen um einige Stufen hinauf stieg. Dennoch verlief das Leben der beiden weiterhin ruhig und unauffällig. So verging der Sommer mit seinen arbeitsreichen Tagen. Filoti pflegte nach Feierabend ein, zwei Mal in der Woche in die Dorfkneipe einzukehren, um ein Glas Wein zu trinken. Mihai, der seit Ileana einen Sohn gebar immer unglücklicher wirkte, kam öfters in die Kneipe, was er früher kaum machte. Er war so, wie nur jemand sein kann, der ohne Liebe sein Leben lebte: er war ein Eigenbrötler geworden, seine Arbeit am Bauernhof erfüllte ihn nicht mehr, er empfand sein Leben sinnlos und leer. Seine Mutter machte sich um seinen Zustand Sorgen. Ihm wurde klar, dass nicht Ileana Schuld an der kinderlosen Ehe war, sondern er. Um seine bedrückte Stimmung zu bekämpfen, begann er zu trinken. Der Gedanke, Ileana habe einen Sohn, der seinen Namen trug, ließ ihn nicht mehr los. Wirre Pläne liefen ihm durch den Kopf. Die seelische Pein brachte ihn oft bis zur Erschöpfung, er wirkte starr, verbittert und bleich vor Anspannung, die auch nicht unbemerkt bei seinen Freunden blieb. Dazu kam der grausame Spott des Dorfes, der ihn zusätzlich verwundbar machte. Seine Versuche alles zu verdrängen, schlugen fehl. Alleine der Alkohol verschaffte ihm, wie er glaubte, Erleichterung. Es gelang ihm für einige Stunden den stechenden Schmerz zu betäuben, sich einredend, dieses Problem würde sich von selber lösen. Die betäubende Wirkung des Alkohols brauchte er immer öfters. Beim Aufwachen am nächsten Tag verspürte er erneut den Hass und die Hilflosigkeit, die sich gegen Filoti richteten, während ihm die Kraft, sich gegen diese heftigen Gefühle zu wehren, fehlte. Er hasste Filoti, er wünschte jemand würde ihm die Kehle durchschneiden oder er könnte ihn eigenhändig umbringen. Diese Gedanken wurden zur Obsession. An manchen Tagen sah er total erschöpft aus, seine Stimme klang gehetzt, dann wiederum redete er stundenlang weder mit seiner Mutter noch mit anderen Leuten in seiner Umgebung. Besorgt von seinem Zustand hoffte seine Mutter doch, dass es ihm bald besser gehen würde. Sie redete sich ein, ihr Sohn sei von der vielen Arbeit müde, jedoch in ihrem Inneren empfand sie ganz anders. In der Nacht, alleine in seinem Zimmer, durfte Mihai sich nicht von seinem Hass lähmen lassen, die teuflischen Gedanken, die ihm Angst bereiteten, ihn in ihre Fesseln legte, wollte er zersprengen, das Böse überwinden. Während er sich im Kampf mit sich selbst befand, merkte er nicht wie die Tränen über das Gesicht liefen, dann wischte er sich mit automatischen Bewegungen mit dem Handrücken die Tränen, die noch immer über seine Wangen liefen, weg. Wie eine Filmszene, Sequenz für Sequenz, durchliefen die Geschehnisse seinen Geist: zuerst die Heirat mit Ileana, Hoffnung auf einen Hoferben, dann die Enttäuschung seines unverwirklichten Traumes und schlussendlich – der Hass auf seinen Rivalen, um den seine Gedanken ununterbrochen kreisten. Er fluchte leise vor sich hin: „Der Scheißkerl!" Und spürte dabei, wie es ihm die Kehle zuschnürte, so dass er nur schwer atmen konnte. Heftige Erregung brachte seinen Körper zum Zittern. Ein Blick auf die Uhr, die auf der Wand hing, zeigte ihm, dass es bereits sehr spät war. Er ging ins Bett, denn am nächsten Tag wartete viel Arbeit auf ihn.

Es war Herbstbeginn, eine arbeitsreiche Zeit für die Bauern im Dorf. Doch der Schlaf wich ihm aus. „Verrückt ist das Leben", dachte er, „woher und wieso kommen solche Gedanken jetzt daher?" Irrte er sich, war die von Ileana ungewollte Trennung nur ein vorübergehender Aussetzer oder erweckte sie als Mutter eines Sohnes, der seinen Namen trug, eine ungeahnte Sehnsucht, sie wieder zu erobern? Was war mit Mihai los? Würde er sie wieder so lieben und begehren, wie zu Beginn seiner Verbindung zu ihr? Seine sexuelle Begierde wurde ihm bewusst, er wollte er sie in diesem Augenblick am Liebsten in seinem Bett haben, ihren Mund mit seinen Lippen berühren und doch – alles war nur Phantasie, Halbträume, unerfüllte Wünsche.

Am folgenden Tag, morgens, ging er in die Küche, wo seine Mutter mit dem Frühstück auf ihn wartete. Erstaunt musste er feststellen, dass er sich entspannt fühlte, als wäre die letzte Nacht die Ruhigste gewesen. In seiner Seele keimte Hoffnung, er sah seine Lage nicht verloren, wie in der Nacht zuvor, vielmehr: er sah Chancen, Ileana zurück zu erobern. Doch das sollte allein sein Geheimnis bleiben. Ein Plan musste her: gut durchdacht und fehlerfrei. Stefan sollte auf seinem Bauernhof aufwachsen, als einziger Erbe seines Besitzes. Mit dieser vertrauensvollen Stimmung verließ er die Küche, spannte seine zwei Rosse an den neuen klangvollen Wagen und fuhr auf seine Felder, wo er

gemeinsam mit einigen Helfern aus dem Dorf Mais ernten musste.
Die Anfangsseptembersonne verlor an glühende Hitze, sodass die Arbeit erträglicher war. Seine Mutter blieb zuhause, um das Mittagessen für die Männer zuzubereiten, dass sie dann in einer halben Stunde Fußmarsch zum Feld hinbrachte. Nach der Mittagspause, die meistens eineinhalb Stunden dauerte, wurde bis spät abends durch gearbeitet. Eine Seite des Maisfeldes war umsäumt von alten Eichenbäumen, die ihre langen Schatten auf die mit Mais bewachsenen Felder warfen. Der Pferdewagen stand am Feldrand geparkt, wo die zwei Pferde im Schatten der Bäume grasten. Während der Arbeit wurde von Zeit zu Zeit geredet. Mihai, beflügelt von seinem hoffnungsvollen Plan, spürte kaum die Müdigkeit, auch abends nicht, obwohl er gut zwölf Stunden arbeitete. Erstaunlich wie viel Kraft sich in einer Hoffnung verbirgt!

Der Morgen kam mit einem bedeckten Himmel, nur von etwas helleren, weißen Strichen durchzogenen Wolken umhüllt. Aus seinem Schlafzimmer sah Mihai die braun gewordene Wiese rund um seinen Hof, die sich bis zum entfernten Eichenwald ausdehnte. Ein arbeitsreicher Tag erwartete ihn, doch vorerst freute er sich auf sein Frühstück, das ihm seine Mutter täglich bereitete. Zum Frühstück gab es fast immer dasselbe: es war ein kräftiges Essen, wo der Speck nicht fehlen durfte, des Öfteren gab es auch Eierspeise, dazu selbst gebackenes Brot oder kaltes Polenta vom Vortag. Die Landbevölkerung kannte keinen Kaffee. Alleine für die Kinder hatte man eine warme Milch zum Trinken oder man brühte Kamillentee auf, dessen Blüte im Sommer gesammelt worden waren. Die Erwachsenen tranken Most oder sogar Wein. Mihai ging durch den schmalen Flur des Bauernhofes in die Küche hinein. Seine Mutter war schon lange vor ihm aufgestanden – sie hatte einen kurzen Schlaf gehabt und wie sie zu sagen pflegte: „Im Alter wird man genügsamer." In der Küche befand sich ein großer, schwerer Holztisch, der Herd, der mit Holz beheizt wurde, gegenüber ein schmales Bett, auf dem seine Mutter im Winter schlief. Gemütlich sah die alte Bauernstube aus – trotz kargem Mobiliar und fehlendem Luxus. Das große Fenster an der östlichen Wand ermöglichte den Blick auf den alten Ahornbaum, der sich am Rande des Wiesenweges befand und seine mächtige Laubkrone gekonnt mit Stolz jedes Jahr zur Schau stellte. Im Winter, die kahlen, scheinbar leblosen Äste, dienten als Aussichtsplatz für unzählige Dohlen, die Ausschau nach Essbarem hielten.

Weicher und klarer war die Herbstluft geworden. Mihai sog die Luft ein, als würde er eine Atemübung machen. Neben ihm stehend spürte seine Mutter die seelische Veränderung ihres Sohnes, er konnte ihr nichts vormachen. Sie ahnte, dass ihr Sohn nicht nur Illusionen, sondern klare Vorstellungen hatte, etwas zu verändern. Nur sie wusste nicht genau, was. Vielleicht etwas, das mit Ileana zu tun hatte? „Es kann nur das sein," dachte sie. Manchmal wollte er seiner Mutter etwas sagen. Etwas über seine Pläne. Doch das was er sagen wollte, schien ihm zu hart. Er fürchtete, seine Mutter würde ihm von seinem Vorhaben abraten. Auf die Abende in der Dorfkneipe freute sich Mihai mehr als je zuvor.

Die Spätherbsttage wurden immer verregneter, zum Verdruss der Bauern. Sie trafen sich an Sonntagen in der verrauchten, kleinen Kneipe, um ihre Weisheiten – wie sie glaubten – in die Welt zu setzen. Nach mehreren Gläser Wein oder Schnaps, die meisten waren schon betrunken, wurde der Wirbel in der Kneipe immer größer; oft genug endeten manche hitzige Debatten mit einer Schlägerei, zum Ärger des Wirts. Filoti, auch nach einigen Schnäpsen, saß ruhig in einer Ecke, auch dann, wenn Mihai ihn anstänkerte oder ihn lächerlich machte. Er war immer der Erste, der die

Kneipe verließ, wohl wissend, dass zuhause Ileana liebevoll auf ihn wartete.

Auf dem Weg nach Hause durchquerte er ein großes Maisfeld, welches das kleine Dorf in zwei Teile spaltete. Das aufgeregte Geschrei in der Kneipe hörte man bis zu den weiter entfernten Häusern des zweiten Teiles des Dorfes. Unter solchen Umständen war Filoti froh, nicht mehr dabei gewesen zu sein. Sein Haus stand auf der Dorfseite des Flusses, der eigentlich mehr ein Rinnsal war. Nach heftigen Regenfällen stieg der Wasserspiegel für einige Stunden an, eine der wenigen Sensationen in dieser Gegend, die in erster Linie die Kinder anlockte, um das grandiose Schauspiel zu bewundern. Die großen Mais- und Weizenfelder zwischen den zwei Dorfteilen gehörten zu Mihais Bauernhof. Hinauf zu den sanften Hügeln, dehnten sich Akazienwälder, die im Besitz mehrerer Bauern waren. Das Holz, das jedes Jahr geschlägert wurde, diente als Brennholz. Filoti besaß keinen Wald, keine Felder, er hatte keinen großen Besitz. In dem Dorf waren nur wenige, die eine Arbeit außerhalb der Landwirtschaft ausübten und sie zählten sicher nicht zu den Begüterten. Darunter befand sich auch Filoti, der sein Einkommen beim Straßenbau. verdiente. Das reichte aus, um seiner kleinen Familie eine Existenz zu ermöglichen. Er besaß immerhin ein Haus mit Holzboden, ein großer Herd gab der Küche eine gemütliche Note, das Hausdach war aus Ziegel und der Zaun, der aus Holzlatten bestand, umsäumte das gepflegte Grundstück rund um das Haus.

Es war ein fast sommerlicher Oktobertag, wie es in diesen milden Gegenden öfters vorkam. Die wärmenden Sonnenstrahlen, die sich an Fensterscheiben anlehnten, lockten die tot geglaubten Fliegen aus ihrem gut getarnten Versteck heraus. Die Fliegen waren überhaupt eine große Plage im Dorf - vor allem im Sommer fühlten sich die Menschen vor diesen Geistern belästigt, jedoch unter den sehr mangelhaften hygienischen Verhältnissen, die im ganzen Dorf herrschten, war nichts anderes zu erwarten. Man musste die Fliegen als fixen Bestandteil des Dorfes hinnehmen.

Mihais Mutter nützte den ruhigen Tag, um einige Einkäufe im Dorfladen, der sich einige hundert Meter von ihrem Hof entfernt befand, zu erledigen. Es waren Dinge, die am Bauernhof nicht vorhanden waren wie: Zucker, Salz, Stoffe für ein neues Kleid und wenn es das Budget erlaubte, gönnte sie sich auch Süßigkeiten, die sie gerne aß. Mit einer aus Weidenzweigen geflochtenen Korbtasche, die sie in der rechten Hand hielt und leicht hin und her schwenkte, ging sie durch einen schmalen Pfad, der sich entlang einer weiten Wiese durchschlängelte, bis sie in die Dorfmitte ankam. Diesen Weg ging sie nicht gerne; es war staubig und es kam ihr unendlich lang vor. Vor allem redete sie nur ungern mit Leuten aus dem Dorf, die sie unweigerlich traf und - sei es aus Neugierde oder nur um etwas reden zu wollen - fragten sie nach Mihais Befindlichkeit. Wie steht er zu Ileana? Dass sie nun einen Sohn hat, der den Namen eurer Familie trägt? Ob er sich nicht doch scheiden lassen wird? Und was sie als Mutter dazu denn überhaupt sage? All diese Fragen waren ihr unangenehm, sie wollte sich diese Düsternis ersparen, die ihr stark auf die Nerven ging. Doch sie lebte nun einmal in einer Dorfgesellschaft, wo jeder jeden kannte und wo kein Ereignis geheim blieb.

Traktoren gab es in dieser Zeit noch nicht. Es waren nur Ochsen oder Pferde, die für die Feldarbeit eingesetzt wurden. Im Spätherbst, nach der Ernte, fuhren die Bauern die gehäuften Misthaufen aus ihren Bauernhöfen, um sie auf die Ackerfelder zu leeren, das einzige Düngemittel, das es damals gab. Einige Tage lang roch die Luft in der Umgebung säuerlich und beim Atmen fühlte es sich stechend an, doch für die dort lebenden Menschen war es nichts Unnatürliches.

In der Dorfmitte angelangt, ging Aglaia, Mihais Mutter, an der Kirche vorbei, machte eine ehrfurchtvolle Verbeugung, legte ihre Korbtasche auf den Boden und mit der rechten Hand skizzierte sie symbolisch das Kreuz, zuerst auf der Stirn, dann auf dem Kinn, sowie auch rechts und links auf der Wange. Für einen Fremden wirkte ihre Frömmigkeit etwas theatralisch. Doch dieses Ritual vor der Kirche war für sie so selbstverständlich wie das tägliche Essen.
Das Schicksal ihres Sohnes hatte sie öfters mit dem Pfarrer, der zugleich Seelsorger war, besprochen, hoffend, von ihm den richtigen Ratschlag zu bekommen. Ihm konnte sie alles sagen, was ihr Dasein erschwerte, ohne zu befürchten, dass gleich ein Tratsch im Dorf die Runde machen würde. Ihm war für sein gutes Zuhören eine reichliche Mahlzeit sicher. Zusätzlich war Aglaia eine zuverlässige Kirchgängerin.
Es dauerte einige Stunden bis Aglaia mit ihrer gefüllten Korbtasche nach Hause kam, noch vor der Mittagszeit. Das föhnige Wetter, der lauwarme Westwind brachten im Laufe des Nachmittags dunkelgraue, schwere Regenwolken; es schien so, als wollten sich die Wolken auf den umliegenden Hügeln stützen, um zu rasten, bevor sie den nassen Regenmantel abschüttelten. Es war ein vorgetäuschter Frieden. Sintflutartig begann es zu regnen, auf den Hausdächern zerplatzten explosionsartig die schweren Regentropfen. Überrascht und verschreckt liefen einige Glucken mit ihren frisch geschlüpften Küken im Hof herum, um Unterschlupf zu finden. Aglaia legte sich einen alten Regenmantel über die Schulter, schnappte ein Küken nach dem anderen, legte sie in ihre Schürze und brachte sie in die Scheune, um sie vor dem kühlen Regen zu retten. Einige von ihnen wurden von dem schnellen Wasserstrom weggespült, was ihr großen Kummer bereitete. Normalerweise kamen die Küken im Sommer zur Welt, doch zwei ihrer Legehennen hatten die Brutzeit übersehen und wollten noch vor Wintereinbruch ihre Mutterpflicht erfüllen. Durch die hölzerne Scheunentüre hörte sie die

Stimme ihres Sohnes, dem der Regen einen Strich durch die Rechnung machte und er so unfreiwillig einen Ruhetag einlegen musste. Die zwei Pferde hatten nichts dagegen. Sie arbeiteten jeden Tag schwer genug, oft auch am Sonntag, vor allem in der Erntezeit. Mihai versorgte das Vieh mit Futter, schaute sich im Stall um, ob alles in Ordnung war, gab dem Hund, der freudig um sein Herrchen herum sprang, frisches Wasser und etwas Fressbares, sowie frisches Heu in seine geräumige Hundehütte, danach ging er in die Küche, nahm eine alte Zeitung, die auf dem Küchenregal lag und blätterte durch. „Der Funke", hieß die Zeitung, er hatte sie abonniert, doch lesen tat er sie nur selten. „Es werden immer wieder die gleichen Lügen verbreitet!", sagte er, doch zum Heizen und zum Fenster putzen langte es allemal.
Der appetitanregende Duft der Bohnensuppe, die Aglaia gekocht hatte, verstärkte sein Hungergefühl. Auf dem Tisch stand eine Flasche selbst gemachter Wein und eine kleinere mit Schnaps. Dieses „Vor dem Essen Schnäpschen" gehörte im gesamten Dorf zu einem festen Ritual. Mihai trank zwei kleine Stamperl hintereinander, während er die Zeitung, die er sowieso verachtete, mit einer unwirschen Bewegung zu Boden warf. Die meiste Zeit stumm, ein Bedürfnis übermannte ihn, ja überwältigte ihn plötzlich, er wollte mit seiner Mutter reden, über Ileanas Sohn wollte er reden, dass der kleine Stefan doch mehr sein Sohn wäre, trug er nun mal seinen Namen. Aglaia sah ihn an und sagte nichts, tischte auf, als wäre es ein besonderer Anlass. Mit ihrer brüchigen, jedoch freundlichen Stimme unterbrach Aglaia die Stille des Zimmers, die Gedanken ihres Sohnes ahnend und seinem Wunsch, über sein verpfuschtes Leben mit ihr zu reden. „Ileana geht dir mehr denn je durch den Kopf. Doch die Endgültigkeit eurer Trennung musst du endlich begreifen, es kann kein Zurück geben, keinen neuen Anfang, sie hat ein Kind mit einem anderen Mann und sie lebt mit ihm glücklich!" Die Worte seiner Mutter

prallten an ihm ab. In seiner Vorstellung sah er Ileana durch das Zimmer gehen, ihm schöne Worte sagend, als hätte es zwischen den beiden keine Trennung gegeben. Er erinnerte sich daran, wie im Dorf geredet wurde, welch schönes Paar sie waren.
Aus seinem Tagtraum erwacht, begriff er die nüchterne Realität. Die Welt, die er sich in seiner Vorstellung gebaut hatte, ein zweites Leben sozusagen, konnte eben nur in seinem Geist existieren. Das entzündete Herz hinderte ihn, mit klarem Verstand zu denken. Schlussendlich konnte er die Wirklichkeit nicht ständig verleugnen, das Herz musste dem Verstand den Vortritt lassen. Er erlebte ein heftiges Wechselbad der Gefühle. Mihai zögerte nicht mehr lange und mit einer überzeugenden Stimme sagte er zu seiner Mutter: „Merke dir: Ileana kommt zum Hof zurück, mit ihrem Sohn – früher oder später; Stefan wird der Hoferbe!" Seine Mutter wusste nicht, wie sie seine Worte deuten sollte: waren das Worte, die in seinem Kopf eingebrannt waren? Die vielleicht Gespenster produzierten? Waren es irgendwelche Vorahnungen, die ihm solche Überzeugungen suggerierten?
Nach der Mahlzeit vergönnte sich Mihai ein Nickerchen. Seine Mutter räumte das Geschirr weg und begann einen Germteig zu rühren. Am Abend wollte sie in ihrem aus Lehmziegel gebrannten Backofen Brot backen. Das machte sie schon ein ganzes Leben lang – einmal wöchentlich, meistens freitags. Der Backofen befand sich in einem extra dafür gebauten Raum, am Hauptgebäude angegrenzt, der auch als Sommerküche diente. Da nicht jedes Haus einen solchen Backofen hatte, machten auch einige Frauen aus der Nachbarschaft Gebrauch davon. Dafür hatten Aglaia und ihr Sohn eine sichere Hilfe während der Erntezeit. Diese gegenseitige Hilfe war unentbehrlich im Dorf. In der Bauernstube tickte die Wanduhr, die unbestechlich zeigte, wie die Zeit kontinuierlich lief. Im Zimmer war Menschenstille. Aglaia verspürte eine Unruhe, die sie nicht

einzuordnen wusste. Es schien so, als ob sie selbst von ihren eigenen Gedanken überrascht geworden war: Enkelkinder, die sie so gerne hätte – das war es. Das Haus würde leben, das Leben würde Sinn haben, die Zukunft des Bauernhofes wäre gesichert. Die gleichen schweren Gedanken lasteten auch auf ihren Sohn. Doch zusätzlich mit ihm darüber zu reden, würde die Situation noch mehr verschlimmern. Es wäre nicht zu spät für eine neue Liebe für Mihai – aber wie konnte er neu anfangen, wenn die Bilder der Vergangenheit wie blendend glänzende Punkte auftauchten, vor denen er die Augen nicht verschließen konnte.
„Im Gegensatz zu Filoti", dachte er, „könnte ich den beiden eine sichere Existenz bieten, der kleine Stefan wäre mein Nachfolger am Bauernhof, mehr noch: ich könnte mir vorstellen, Stefan so zu lieben, als wäre er mein Sohn." Seine Vorstellungen waren so lebendig, so anschaulich, als wären es keine Bilder, sondern Realitäten. Und doch, in diesem Augenblick verspürte er - wie schon oft zuvor - Filoti nachhaltig zu hassen. Merkwürdig, dass wegen diesem Menschen seine Welt vorher keinen Moment aus den Fugen geriet und nun plötzlich dieser Hass auftauchte und sein Glück versperrte. Dämonische Kräfte kreisten in seinen Gedanken, die Sehnsucht nach Rache stieg in ihm hoch.
Mihai wachte aus seinem Halbschlaf auf.

Es duftete überall nach frisch gebackenem Brot. Noch warm aus dem Backofen heraus, holte sich Mihai einen Laib Brot, brach ein Stück mit bloßen Händen ab und biss genussvoll hinein. Dann ging er in den Hof, um nach seinen Tieren zu schauen. Im Angesicht seiner festen Überzeugung, seiner ansteckenden Zuversicht die er versprühte, begann auch seine Mutter ohne den genauen Grund zu wissen, die Tage als kostbare Gottesgeschenke anzusehen, bewusster und zufriedener zu leben. Sie konnte ihre Empfindungen nicht in Worte fassen. Alleine das gute Gefühl, das zählte. Die Hoffnung trug sie leichter durch den Tag, leichter als die trostlose Leere, die viel zu lange ihr Leben bestimmte.

Der lang gezogene Hügel, der sich an der Westseite des Dorfes wie eine mittelalterliche Festung standhaft präsentierte, war noch immer mit dicken Wolken verhangen, die allmählich in Nebel übergingen. Mihai trank aus seinem Viertelliter Glas selbstgemachten Obstwein, durchblätterte wie jeden Abend die verhasste Zeitung, die seiner Meinung nach „Schmierblätter" waren, während sich Aglaia mit Handarbeit beschäftigte. Auch Mihai, beflügelt von seinem unerklärlichen Optimismus, verlor seine Nervosität, woher auch immer sie auftrat, ja sie löste sich zur Gänze auf. Er hatte ein Ziel. Er liebte die Tage wieder mehr als die Nächte, während er auf dem Feld die weite Landschaft überblickte, vor seinen Augen Ileana`s Sohn sah, der nun auch sein Sohn war, der Herrscher dieser großen Felder, die sich bis zum Horizont flach ausdehnten. Jeden Morgen betrat er fröhlich die Küche, sah aus dem Fenster von klar einsteigendem Licht den anbrechenden Tag. Er hoffte, nein er wusste, dass sich im Laufe der kommenden Tage, Wochen, sich von selbst ein Weg heraus kristallisieren wird, als bestmögliche Lösung für alles was er sich vornahm. An den Samstag – sowie Sonntagabenden besuchte er mittlerweile regelmäßig die Dorfkneipe, wo auch Filoti hinkam. In seinem satanischen Vorhaben plante Mihai eine Scheinfreundschaft gegenüber Filoti. Er zeigte sich sehr großzügig gegenüber seinen Kumpel, doch Filoti galt seine ganze Aufmerksamkeit. Filotis Rechnung ging jedes Mal ihn, um ihm klar zu machen, dass die Vergangenheit bleiben sollte und dass er ihm das Glück mit Ileana vergönne. Er stellte ihm sogar in Aussicht, dass er sich scheiden lassen würde, sobald die Arbeit am Feld weniger wird. Filoti, ein gutgläubiger, ja sogar naiver

Mensch, nahm Mihais Bereitschaft, Ileana ganz für sich frei zu geben, dankbar an. „Wenn du in die Scheidung einwilligst, wird Ileana keinen Anspruch auf irgendwelches Vermögen stellen, wir haben alles, was wir brauchen, aber vor allem – wir haben einen gesunden Sohn. Das alleine macht uns reich." Für einen Augenblick hatte Mihai den Wunsch ihm mit voller Kraft ein Messer ins Herz zu stechen. Sein Gesicht wurde bleich vor Eifersucht und dennoch – er musste sich beherrschen, sonst würde er in den alten Trott fallen, ohne Aussicht, sein Ziel jemals zu erreichen. Es ist oft schwer zu begreifen, wie viel Gemeinheit in einem Geist, in einem Körper leben kann. Die Eifersucht, ein unberechenbares Gefühl, hat schon von Anbeginn dieser Welt viel Unheil, Elend und Zerstörung über die Menschheit gebracht.

Vier Wochen später: jeder im Dorf war überzeugt von der Freundschaft, die sich zwischen den zwei Rivalen entwickelte. Sie waren ja Freunde, keine Rivalen mehr. Niemand konnte Mihais Absichten ahnen, niemand konnte sich seine akribisch vorbereitete Falle vorstellen, Filoti für immer verschwinden zu lassen, ohne dass der Verdacht auf ihn fällt. Es lief alles nach Plan. Mihai hatte die nötige Ruhe gehabt, um den passenden Moment abzuwarten: was für eine teuflische Leidenschaft half ihm, diesen Plan zu verfolgen, die Zeit für ihn arbeiten zu lassen und dennoch hatte er ab und zu, für kurze Augenblicke, den Wunsch, die Augen zuzuschließen, tot umfallen zu wollen und fern von irdischen Versuchungen in die unendliche Ewigkeit zu entfliehen. Ileana hielt sich aus dieser Freundschaft heraus. Sie war gewissermaßen froh, dass es den Anschein hatte, sich alles normalisiert zu haben, wenn auch ihr weiblicher Instinkt sie misstrauisch machte. Ihr Verstand suggerierte ihr, dass vielleicht auch eine Absurdität unter bestimmten Umständen eine entscheidende Rolle im menschlichen Leben spielen könnte. Filotis Kneipenbesuche störten sie nicht. Jedoch der Umstand, ihn betrunken heimkommen zu sehen, bereitete ihr Sorgen. Sie kannte Filotis Gutmütigkeit, ihm fiel es schwer „nein" zu sagen, wenn ihm einer seiner Kumpel ein Stamperl Rum spendete. Das ging ihm natürlich in die Beine, aber nicht ins Gemüt. Er wurde bis spät in die Nacht hinein Objekt der Belustigung, vor allem, wenn er wankend durch den abgekürzten Weg am Rande des kleinen Flusses nach Hause ging. Ileana war klug genug, ihn gleich schlafen zu lassen. Jeder Wortwechsel hätte in seinem Zustand ohnehin keinen Sinn gehabt. Am nächsten Morgen, schuldbewusst, fast unterwürfig, versprach er Ileana, sich zu bessern. Sie lächelte und glaubte ihm. Jener Sonntag im Herbst, war ein verrückter Tag: heißer als an einem Sommertag, alle sprachen davon, dass man so etwas noch nie erlebt hatte. „Eine Abkühlung täte der Erde und den Menschen gut!", rief die Nachbarin über den Zaun. Doch am Himmel fand sich keine Spur von den Wolken. Ileana hielt ihr Kind in den Armen, setzte sich auf die Hausbank im Schatten des Kirschbaumes und hielt die kleine Flasche in der Hand, aus der Stefan die lauwarme Milch trank. Mit seinen warmen Blicken liebkoste Filoti seine zwei Lieblinge. Ob eine Stunde verging, in der er in stummer Freude zusah, wusste er nicht. Gefangen im Glück war die Zeit für ihn bedeutungslos. Einige Mädchen, die auf dem Weg zum Dorfladen waren, holten ihn durch ihr lautes Kichern aus seinem Tagtraum heraus. Das kleine Geschäft hatte auch am Sonntag geöffnet. Gerade an diesem Tag hatten die Frauen mehr Zeit zum Einkaufen und zum Austauschen der Erlebnisse der vergangenen Wochen.

Ileana legte den kleinen Stefan, der müde nach der üppigen Mahlzeit war, in seine Holzwiege. Er schlief gleich ein. Auch sie hatte kleine Einkäufe zu erledigen, während Filoti bei seinem Sohn blieb.

Die Kirchenglocke läutete die Zehnuhr–Messe ein. Das ganze Dorf orientierte sich entweder nach der Sonne oder nach der Kirchenglocke. Das Thema Nummer Eins im Dorf, die vermeintliche Freundschaft zwischen Filoti und Mihai, wurde um eine Facette reicher. Doch Ileana gewöhnte sich auch an dieses Geschwätz und betrachtete dies mit einer gewissen Gleichgültigkeit. In dem Laden trafen sich die Frauen, die sich sonst die ganze Woche und noch länger, nicht sahen: auch Mihais Mutter war dabei. Mit einer überraschenden Freundlichkeit begrüßte Aglaia ihre Schwiegertochter, erzählte ihr, wie glücklich sie über die Freundschaft ihres Sohnes zu Filoti war und es würde ihr eine große Freude machen, wenn sie gemeinsam mit Stefan und Filoti ihr einen Besuch abstatten würden. Ileana teilte den freundlichen Überschwang ihrer Schwiegermutter nicht unbedingt, auch wenn sie sich nichts anmerken ließ. Sie machte gute Miene zum bösen Spiel. Sie wusste, dass es zu diesem Besuch nicht so schnell kommen würde, wenn überhaupt.

Die paar Sachen des täglichen Gebrauches wurden schnell gekauft und ohne sich zu lange an das Gespräch der Frauen zu beteiligen, ging sie alleine zurück nach Hause. Das Kind schlief friedlich unter der Aufsicht seines Vaters, sodass Ileana das Mittagessen zubereiten konnte. Am Abend verzichtete Filoti auf seinem Besuch in der Kneipe. In der lauen Herbstluft verbrachte er die Zeit lieber mit seiner kleinen Familie. Filoti ließ Ileana wissen: „Aglaia würde sich freuen, sollten wir uns entschließen, sie zu besuchen! Eine freundliche Geste, Liebes! Glaubst du nicht? Mihai ist mein Freund geworden und er wäre sehr gekränkt, würden wir die Einladung nicht annehmen!" Ileana wollte seine Freude nicht zerstören. „Wir werden sehen, wann es am besten passen würde." Und schwieg dann eine kurze Zeit. Sie wandte sich ihm zu, der ruhig auf seiner Bank saß: „Ich möchte noch etwas abwarten. Für mich ist dieser Besuch nicht so einfach." Und während sie ihn ansah, spürte sie wie ein kalter Schweiß durch ihren Körper lief, sie kämpfte gegen ihre Unruhe. Sie ließ die Hände sinken und legte den

Kopf auf seine Schulter. Filoti fasste sie mit beiden Händen, küsste sie und führte sie in den Garten. Sie spürte seine Wärme und stellte sich vor, wie herrlich es sein wird, geschieden zu sein, ganz frei für ihren Filoti. Es schien so, als könnte er ihre Gedanken lesen. Und sagte tröstend: „So oder so. Du wirst für immer bei mir bleiben!" Und drückte ihr fest die Hand.

Stefans leises Weinen riss sie aus ihren Gedanken und beide liefen den kurzen Weg zu ihrem Sohn.
Die Nacht warf vom Hang hinunter ihre Schatten über das ganze Dorf. In steigender Phase unterbrach der Mond die nahende Dunkelheit. Eine Katze, auf ihrem Spaziergang, bei dem Flieder vorbei, verscheuchte einige Spatzen aus ihrem friedlichen Schlaf. Die Hunde wurden von der Kette gelassen, sie durften nur in der Nacht frei laufen und das auch nicht immer. In der Stille der Nacht hörte man ihr Gebell echoartig bis zu dem angrenzenden Wald. Ileana zündete die Petroleumlampe an. Filoti zog sich auf das alte, gemütliche Sofa zurück, dass in der Ecke des Zimmers stand. Stefan schlief, nachdem er seine Mahlzeit bekam, von Engeln begleitet, in eine glückliche Traumwelt ein, die in ihrer Sorglosigkeit nur einem Kind vorbehalten war. Ileana tappte in ihrer warmen Nacktheit zu Filoti, der inzwischen im Bett lag und schmiegte sich zärtlich an ihn. Mit seinen festen Beinen umklammerte er ihre schlanken Schenkel, tastete nach ihren festen Brüsten und streichelte ihre glatte, nach frisch duftender Haut. Als Ileanas Hände langsam über seinen Körper glitten, würgte ein nie da gewesenes Gefühl seinen Atem. Es waren Beklemmungszustände, als wäre diese Nacht die letzte seines Lebens. Ohne ein Wort zu sagen, sprang er auf und ging zum großen Fenster, zog die Gardine zur Seite und blickte in die steigende Mondnacht hinein. Selbst erschrocken konnte und wollte er nicht mit Ileana über so plötzlich auftauchende Gefühle reden. Unterdessen, still liegend,

beschloss Ileana, seine Gedanken nicht zu stören und wartete, bis er wieder zu ihr kam. Die Nacht, die eigentlich in dieser Zeit schöner sein sollte, verging unspektakulär. Pfeifende Winde, Baumgestalten ragten wie Mumien in den dunkelblauen Himmel hinauf, Eulengeschrei, das Unheil verkündete, all dies Naturaspekte verstärkten seinen unangenehmen Zustand. Filoti lehnte den Kopf auf Ileanas Schulter und schlief ein. Am nächsten Morgen, als Ileana aufwachte, war Filoti längst in die Arbeit gefahren. Sie übersah die Zeit. Stefan beanspruchte ihre ganze Aufmerksamkeit, doch diese mütterliche Aufgabe erledigte sie mit Hingabe. Anschließend bereitete sie sich selbst ein Frühstück, um dann ihre Arbeit aufnehmen zu können, in ihrem kleinen Reich zwischen Bett, Küche, Erde und Himmel. Mehr brauchte sie nicht. In ihrer sanften Art lag Entschlossenheit und Stärke. Filoti wusste ihre Eigenschaften zu schätzen: sie gab ihm Kraft, um immer wiederkehrende Zweifel zu überwinden.
Die folgenden Tage waren unfreundliche, kühle Regentage. Alles rundherum zeigte sich hässlich, die Schönheit der Natur zog sich zurück. In dieser Zeit geschah nichts Außergewöhnliches. Die verborgenen Dinge, die in den eigenen vier Wänden stattfanden, beschäftigte weniger den Außenlebenskreis.

Ein Jahr später:
Der achtundzwanzigste Oktober war ein Sonntag, der noch im Morgengrauen lag; Stefan schlief friedlich neben seiner Mutter. Seiner Gewohnheit treu, ging Filoti zum Fenster und blickte in den Garten hinaus. Der Himmel versprach einen sonnigen Tag. Schweigend wandte er sich zu Ileana, umschlang sie, hielt ihren Körper eng an seinen gepresst und legte sein Gesicht zwischen ihre Brüste. Er war dem Weinen nahe. Beide begriffen, dass Worte die schwächeren überzeugende Argumente waren, sie fühlten die Tiefe der Gefühle, die mit nichts vergleichbar waren: es war eine

vollkommene Liebe. Ileana blickte ihn an, während seine dunkelbraunen Augen unter der Reinheit seiner Träne schimmerten. Dann sagte er: „Jede Stunde mit dir wird mir geschenkt. Ich möchte mit all meinen Sinnen genießen."
Filoti unterhielt sich stumm mit Gott, begreifend, wie klein der Mensch ist, der sich in unverständlicher Weise für alles auf dieser Welt zuständig fühlte. Wenn der Mensch nur ansatzweise die Unendlichkeit des Universums mit all seinen Geheimnissen, die uns verborgen bleiben, ahnen könnte, würde der Mensch Demut, Respekt und Dankbarkeit der Schöpfung gegenüber stets im Herzen tragen.
Filoti wandte seine Blicke erneut zum Himmel hinauf. Er betete Gott an, er möge sein Herz, das zwischen Verzweiflung, Angst und Liebesglück hin – und hergerissen war, Halt und Zuversicht zu geben. Ileana schwieg und drückte ihren Körper an ihn, um das Gefühl, das keinen Namen hatte, zu vermitteln. Diese phantastischen Gefühle bahnten sich in Küssen, überfluteten ihre Herzen mit wahnsinniger Leidenschaft und lockerten alle Hemmungen. Das Morgenlicht erhellte fast verschwenderisch das Dunkel des Zimmers, während leises Geraunen des herbstlichen Laubes mit seinem trockenen Duft die kühle Luft würzte. Sie empfanden diese Augenblicke als Wanderung aus dieser Welt. Die Röte in ihrem Gesicht zeigte heißes Blut. Ileana wurde schwach. Die Gewalt der Liebe war nicht mehr aufzuhalten. Doch das leise Weinen ihres Sohnes zeigte augenblicklich seine Wirkung. Sie nahm Stefan in ihre Arme und setzte sich am Rande des Bettes. Filoti schmiegte sich dazu. Der Tag, der freundlich anfing, trübte sich allmählich unter dem feuchten Nebel, der bis zum Boden fiel. Die Luft war mit einem grauen Mantel überzogen – ein deutliches Zeichen dafür, dass der Herbst Einzug hielt. Das trübe Tageslicht verriet, dass dieser Herbstmorgen kein freundliches Gesicht hatte. Der Nebel hielt sich den ganzen

Tag und zwang die Menschen, in ihren Häusern zu bleiben. An sich nichts Außergewöhnliches in dieser Jahreszeit.

Wieder ein Jahr später:
Die Arbeit an der großen Brücke über den Fluss ging langsam voran. Es fehlte an Baumaterial und auch an Arbeitskräften. Die Männer im Dorf waren durchwegs Bauern. Filoti war eher die Ausnahme.
In der Dorfkneipe war ein buntes Treiben: ein Junggeselle des Dorfes hätte am Sonntag seine Hochzeit gefeiert, also blieb ihm nur noch eine einzige Nacht, um mit seinen Freunden, die alle unverheiratet waren, so richtig die Nacht durch zu feiern. Es floss reichlich Alkohol, was dazu führte, dass die Stimmung immer lauter und aufgeregter wurde. Den Bräutigam steckte man in ein leeres Weinfass, doch er wehrte sich dagegen, machte mit den Händen eine hilflose und abwehrende Gebärde und als er nach kurzer Zeit zur Ruhe kam, nagelten seine Kumpel die offene Seite des Fasses zu. Alleine für seinen Kopf schnitten sie ein Loch frei. Seine Augen hatten einen schläfrigen Ausdruck wegen der großen Menge Alkohol, die er den ganzen Abend zu sich nahm. Inzwischen kamen auch andere Männer dazu, eben diejenigen, die sowieso jeden Abend in der Kneipe verbrachten. Jeder hatte eine Flasche Wein in der Hand und schrie: „Auf die Gesundheit des Bräutigams, sollte noch etwas davon übrig geblieben sein!" Und tranken mit einem Schluck die Flasche halb leer. Das ganze Getümmel der jungen Männer verlagerte sich nach draußen hinter die Kneipe. In dem kleinen Zimmer blieben nur einige davon, die sowieso nicht mehr in der Lage waren zu gehen. Filoti, der auch etwas angetrunken war, beobachtete die Szene distanziert. Die Diskussionen der übrig gebliebenen Männer waren sowieso alle dieselben: zuerst die Politik, dann die berühmte Frage: Wie würde die Ernte in diesem Jahr ausfallen? Filoti saß Mihai gegenüber, sein Kinn in die

Hand gestützt. In dem spärlichen Licht des verrauchten Zimmers sahen seine Augen dunkel und trübe aus. Er war einer der wenigen in der Runde, der noch in der Lage war, vernünftig zu reden. Mihai, der einige Schnäpse hinter sich hatte, machte einen unruhigen Eindruck und blickte feindselig zu Mihai hin, die Beherrschung verlierend und sagte zu ihm: „Du verdammter Büffel! Du gehörst zu Brei geschlagen und den Wölfen zum Fraß vorgeworfen!" Daraufhin nahm Filoti seinen Hut vom Sessel, warf noch einen kurzen Blick zu Mihai und ging die paar Stufen hinaus, durch die dunkle Nacht nach Hause. „Das hättest du ihm nicht sagen sollen, immerhin – er hat das zusammen gebracht, wo du versagt hattest." Diese scharfen Worte, die ihm Coste, Filotis Arbeitskumpel, sagte, schnürte ihm den Atem ab. Sein Gesicht wurde ausdruckslos, unbeweglich, maskenhaft. Er neigte den Kopf schräg über den schmutzigen Tisch: „Wo ist der Wein?", fragte er wie geistesabwesend, dann richtete er seinen Kopf auf und sah Coste in die Augen: „Ihr Tagelöhner, Brückenbauknechte, ihr habt nichts und ihr seid nichts!" Dann sagte Coste, seinen Gegenüber anblickend: „Diesem Mann scheint es schwer zu fallen, den Mund zu halten!" Mihai richtete sich auf, sein Gesicht lief blau an, als würde er an Sauerstoffmangel leiden und ging hinaus. Doch die anderen nahmen keine Notiz davon.

Der Vorhochzeitstrubel der jungen Männer zog von der Kneipe auf einen anderen Platz hin. Draußen wurde es nachtstill. Ein einziges Geschrei, das kurz und durchdringend aus einer gewissen Entfernung kam, unterbrach die inzwischen friedlich gewordene Mitternachtszeit. Doch die Stammtisch–Gespräche gingen unbeeindruckt weiter. Ein schwarzer Käfer, der etwas unsicher über den Tisch kroch, erreichte die Kante und als wäre er ein Selbstmordkandidat, marschierte er noch immer geradeaus ins Nichts, ließ sich auf den Bretterboden fallen, unglücklicherweise auf den Rücken. Doch niemand kümmerte sich um die arme Kreatur, wie er mit den Beinen in der Luft strampelte, um wieder auf dem Bauch zu landen. Irgendwann glückte ihm das Umdrehen und als wäre nichts gewesen, lief er unbekümmert weiter, irgendwo und nirgendwo hin.

Nach einer Weile, etwas erleichtert, mit einem säuerlichen Lächeln im Gesicht, kam Mihai in das verrauchte Zimmer zurück: wortkarg mit zitternder Hand hob er sein Glas zum Mund und trank es mit einem Schluck leer. Dann rief er dem Wirt zu, er möge seine Rechnung aufschreiben. Der Wirt sah ihn prüfend an, es überraschte ihn, da Mihai immer ein Barzahler war – einer der Wenigen übrigens. Die meisten ließen ihre Schulden, die oft hohe Summen ausmachten, aufschreiben und am Ende des Monats wurde abgerechnet, zum Leidwesen der Ehefrauen, für die nicht mehr viel übrig blieb.

Die Kneipe war an sich kein erfreulicher Anblick: bei Tag nicht und schon gar nicht bei Nacht: überall lagen zerbrochene Flaschen. Der alte Mann, der zugleich Verkäufer und Wirt war, gab sich nur wenig Mühe, die Scherben zu sammeln, wohl wissend, dass am nächsten Abend wieder dasselbe passieren würde. Manchmal übernachtete er sogar in dem kleinen Nebenzimmer, das so eine Art Lager für verschieden Waren war. An der Wand hatte er ein hartes Bett und eine durchlöcherte dünne Matratze, sowie eine alte Decke, mit der er sich bedeckte.

Langsam erhob sich Mihai, ging zur Tür hinüber und ohne ein Wort des Abschieds zu sagen, ging er nach Hause. Ein schwacher Blutgeruch stieg ihm in die Nase, kalte Schweißausbrüche schwächten seinen Körper – er fühlte sich beschattet. Der Weg nach Hause wurde zu einem Albtraum. Da und dort brannte noch ein schwaches Licht einer Petroleumlampe, das schnell in der Dunkelheit danach verschwand. Ein junges, verliebtes Pärchen kam ihm entgegen, ging dann weiter, der Arm des Burschen an den Brüsten des Mädchens haltend, schlenderten sie dahin.

Nach und nach gingen alle Kneipengäste nach Hause, zur Freude des alten Wirts, dem nur wenige Schlafstunden blieben. Er schloss die Türe ab, legte die Riegel vor und ging zu seinem Haus, das sich unweit von der Kneipe befand. Es war weit nach Mitternacht. Die Stille der Nacht wachte über das ganze Dorf, das im tiefen Schlaf schlummerte, als der Klang eines Pferdewagens, der durch die holprige Straße bei der Kneipe vorbei Richtung eines Maisfeldes fuhr und diese Stille unterbrach. Der alte Mann hörte zwar den Pferdewagen, doch er dachte sich nichts dabei. Vielleicht auch deswegen, weil er zu müde war. Für einige Augenblicke dachte er, der Wagen könnte Mihai gehören, er hatte den neuesten Wagen im Dorf, dessen Räder besonders klangvoll waren und mit Leichtigkeit durch die staubigen Straßen rollten. Aber er konnte sich genauso gut getäuscht haben. Die Müdigkeit lastete zu schwer auf seinem abgemagerten Körper. Er wollte nur noch nach Hause.

Die Sonntagmorgen-Dämmerung versprach einen milden, sonnigen Tag. Ileana saß im Nachthemd auf dem Bettrand, besorgt und nachdenklich. Filoti!!!!!.... Der Kopf tat ihr weh, sie fühlte sich schlecht und wenn morgens Filoti nicht nach Hause kam, machte sich in ihrem Körper die Angst breit. Ihre Blicke bekamen einen steinernen Ausdruck, die Beine gehorchten ihr nicht mehr, sie war bewegungslos – und ratlos. Stefans leichtes Wimmern erreichte sie wie ein Stich im Herzen. Mit größter Anstrengung gelang es ihr, das Kind in die Arme zu nehmen. Der Griesbrei, den sie schon am Vorabend kochte, stand in dem kleinen Backofen. Mit einem kleinen Löffel fütterte sie ihn geduldig und liebevoll. In dieser Zeit vergaß sie die drückenden Sorgen, ihre ganze Aufmerksamkeit galt ihrem Sohn. Das Tageslicht wurde immer heller, das ganze Dorf war in Hochzeitsstimmung. Die Dorfbewohner säuberten für solche Anlässe besonders schön ihre Gehöfte: Frauen zogen schon im Laufe des Vormittags ihre schönsten Gewänder an, während die Männer sich in Gruppen sammelten, um dann allesamt zum Haus des Bräutigam gingen, um ihn zu rasieren, frisieren und für seine Braut, die noch daheim bei ihren Eltern auf ihn wartete, attraktiv zu machen. Das war die helle Seite des Sonntagmorgens, doch für Ileana verdunkelte sich das Tageslicht: für sie finstere Mitternacht, die Sonnenstrahlen erreichten sie nicht mehr, böse Ahnungen liefen ihr durch den Kopf. Es war ein Gefühl zum Verrücktwerden. Wohin hätte sie gehen können? Mit wem könnte sie reden? Warum kam Filoti nicht nach Hause? Ist ihm etwas zugestoßen? Fragen über Fragen, die sie im Moment nicht beantworten konnte. Die Ungerechtigkeit, die sie das ganze Dorf oft spüren ließen, brachten sie an den Rand der Verzweiflung, infolgedessen war ihr Freundeskreis sehr auserwählt. Der Kontakt zu den unmittelbaren Nachbarn beschränkte sich auf ein paar Worte über den Zaun. Die Frau, zweiundachtzig Jahre alt, schwerhörig und gebrechlich, der Mann, im selben Alter, sah ihn öfters an seinem Gehstock stützend, durch den fest abgetretenen Pfad mitten durch seinen Garten spazieren. Er führte mit sich Selbstgespräche oder man hörte ihn laut über die fremden Katzen schimpfen, die, wie er meinte, seine Gemüsebeete „verschissen".

Die hölzerne Wanduhr in der Küche zeigte acht Uhr morgens vorbei. Das Blut lief in Ileanas Adern heiß. Sie öffnete das Fenster, lehnte das Gesicht an das Glas des Fensters, um die Morgenfrische zu fühlen, die Blicke zur Eingangstür gerichtet. Wie viel Zeit sie dazu benötigte, konnte sie nicht realisieren, doch ihr wurde bewusst, dass sie nichts sah. Filoti kam nicht. Sie musste handeln. Mit ruhigen Händen legte sie Stefan in den kleinen Holzwagen, sie zog das kleine dunkelblaue kleingeblümte Baumwollkleid an, flocht sich das reichliche schwarze Haar zu einem Zopf, der fließend auf den Rücken fiel und ging durch die Dorfstraße, hinterher den Holzwagen des Kindes tragend, einige hundert Meter zu dem Dorfladen. Dort würde sie gewiss einige Informationen über Filotis Wegbleiben bekommen. In ihrem Gesicht spiegelten sich Ratlosigkeit und Angst. Der traurige Blick kam aus dem Inneren ihres Herzens. Mit seinen Kumpels wollte sie reden, fragen wollte sie, was mit ihm los war. An diese einzige Möglichkeit klammerte sie sich. Es war das rettende Ufer, wie sie glaubte. In ihrem Kummer vergaß sie, dass es Sonntag war, dass sich das ganze Dorf in Hochzeitsstimmung befand und dass auch der Dorfladen geschlossen war. Sie stand eine zeitlang vor der geschlossenen Türe, als von dem anderen Ende des Dorfes talwärts Richtung Dorfmitte sich ein Teil der Hochzeitsgesellschaft näherte. Laut und gut gelaunt, in der Vormittagssonne, waren die Männer, die den Bräutigam auf dem Weg zu seiner Braut begleiteten. Aufgewacht aus ihrem Albtraum, noch bevor die Leute sie wahrnahmen, drehte sie sich um, den kleinen hölzernen Kinderwagen mit seinen kleinen Gummireifen nachziehend, um den selben Weg mit schwer gewordenen Füßen zurückzulegen. Es war so, als würde sie von einem Begräbnis nach Hause gehen. Einen Augenblick lang überlegte sie, ob Mihai etwas von Filotis Fernbleiben wissen könnte, ob es richtig wäre, ihn zu fragen. Diese Gedanken hielten eben nur einen Gedanken lang. Nein, das wollte sie doch nicht tun. Der Sonntag wurde zu dem schwärzesten Tag ihres Lebens. Ein ganzes Dorf feierte mit ausgelassener Stimmung, sie alleine war in Ungewissheit, mit den bohrenden Gedanken eines vorahnenden Unglücks. Warum sagt ihr niemand etwas? Irgendjemand und sei es nur der alte Wirt, es kann doch nicht so gewesen sein, dass er verschwindet, ohne dass jemand davon etwas gemerkt hatte. Der Sonntag und die danach kommende Nacht vergingen gleich schnell oder gleich langsam wie die ungezählten Tage und Nächte davor. Ungeachtet unserer Empfindungen behält die Zeit ihren

Rhythmus. Das göttliche Gesetz hat für die Ewigkeit seine Gültigkeit fest gelegt.

Kein Auge hatte sie zugemacht – die ganze lange Nacht nicht. Zwischen Weinen und Hoffen, immer mit den Tränen kämpfend. Das Ungewisse drückte schwerer auf ihr Herz, als die Gewissheit, er wäre verunglückt oder tot. Sie musste sich besinnen, den Tag abwarten, sie konnte sich nicht leisten kopflos zu werden, schon dem Kind zuliebe nicht. Das Kind war erst über zwei Jahre alt und ihr und Filotis ganzes Augenlicht.

Montag war ein guter Tag: bewölkt und herbstlich mild. Das Kind wurde versorgt und in seiner Wiege zwischen zwei weiche Kissen gelegt. „Der alte Wirtsmann würde doch wissen, wie es am Samstagabend zugegangen ist. Er wird es mir sagen können, sonst bin ich gezwungen, den Gendarm vom benachbarten Ort zu verständigen.", dachte sie.

Vormittag waren nur zwei Frauen in dem Laden. Sie kannte die beiden, die oberhalb von Mihais Bauernhof wohnten. Zwei böse Weiber, die ihr ins Gesicht schön taten, jedoch hinterher schimpften sie um die Wette, auch dann, wenn sie den Rosenkranz in den Händen hielten.

„Eine Todsünde hat sie auf dem Gewissen – ein uneheliches Kind! Schlimmer geht es nicht mehr! Eine Schande für das ganze Dorf!" „Guten Morgen, Costica! Filoti ist seit Samstagnacht verschwunden – wie vom Erdboden verschluckt. Er war zuletzt doch hier bei dir und ich möchte wissen, wann er von hier weg ging – ich befürchte das Schlimmste! Du musst mir die Wahrheit sagen, denn solltest du lügen, werden deine Lügen nicht ungesühnt bleiben." „ Bei Gott und seiner Heiligkeit: er ist kurz vor Mitternacht alleine weg gegangen. Keiner hat sich was dabei gedacht, etwas angetrunken und müde wirkte er – doch das war nichts Ungewöhnliches – mehr kann ich dazu nicht sagen. Kurz danach gingen auch die letzten drei Gäste, auch Mihai war dabei. Angetrunken waren sie, doch sie hielten sich auf den Beinen, mehr weiß ich nicht – bei Gott nicht!" Der Angstschweiß legte sich auf ihre Stirn. Schnellen Schrittes hetzte sie, den Kinderwagen hinterher ziehend, zu Mihais Bauernhof hin. Sie wusste momentan keinen besseren Rat, es war niemand da, den sie fragen konnte und sie war der Meinung, dass es ihr Mihai nicht übel nehmen würde, war er doch mit Filoti befreundet. Doch statt Mihai traf sie Aglaia. Sie kehrte den Hof zusammen, fütterte das Gefiedervieh und auch sonst alles, was an Kleinarbeit im Hof zu erledigen war. Ileana erstarrte. Der Schweiß aus ihrem Körper drängte sich durch die Kleider durch, wie dampfendes Wasser. Aglaia warf einige neiderfüllte Blicke auf Stefan in seinem Kinderwagen ohne eine Bemerkung zu machen. „Ich wollte Mihai etwas fragen: es geht um Filoti. Er ist seit Samstagnacht nicht mehr auffindbar. Ich schaue später noch einmal vorbei, wenn es dir recht ist." „Du kannst kommen sooft du willst. Doch mein Mihai ist nicht Filotis Aufpasser." Während Ileana sich mit fast erstickter Stimme, der Atem gehorchte auch nicht mehr, mit irgendwelchen Worten verabschieden wollte, hörte sie den Wagen durch das große hölzerne Tor des Hofes, der mit Maiskolben beladen war, hereinrollen. Er zügelte die Pferde, die den schweren Wagen zogen, brachte den Karren durch die Bremse zum totalen Stillstand und wandte sich zu Ileana. „Du – hier?", fragte er mit gedämpfter Stimme. Die Nerven beherrschend, fragte er weiter: „Du und dein Kind hier?" Sie konnte seinen Atem hören: gleichmäßig, ohne Spur der Aufregung. Die gespielte Gelassenheit hielt nicht lange an. Sein Gesicht wurde kerzenbleich, um dann im nächsten Augenblick umfärbte es sich blutrot. „Filoti ist seit Samstagabend nicht mehr nach Hause gekommen und niemand weiß, was passiert ist. Ich bin besorgt und habe Angst, dass ihm etwas zugestoßen sein könnte. Kannst du etwas über sein plötzliches Verschwinden sagen? Er fuhr Samstag früh in die Arbeit, seit Monaten bauen sie die Brücke über den

Fluss, doch durch fehlendes Material und Arbeitskräfte verzögert sich alles. Er sagte mir schon am Vorabend, dass er nach der Arbeit einkehren wird. Er kam selten zu spät und noch seltener betrunken nach Hause. Er war nicht einer, der beim Trinken Frau und Kind vergaß. Du warst in der Samstagnacht auch dabei, daher musst du es wissen, was los war." Mihais Gesicht wurde mürrisch, unwillig etwas zu erzählen, er wollte nur schnell weg von ihr, drehte sich um und mit einer halben Umdrehung des Kopfes sagte er unfreundlich: „Betrunken war er, irgendwann ging er weg, nach Hause – wohin denn sonst. Ich bin nicht sein Wachhund." Seine Worte trafen sie wie ein Hammerschlag. Sie merkte nicht, dass das Wetter sich verschlechterte, der Wind nahm zu und brachte die dunklen Wolken immer näher. Sie war mit dem Kind gut zwei Stunden unterwegs. Ein braves Kind, er weinte nicht, das Schaukeln in seinem geräumigen Kinderwagen bereitete ihm ein Wohlgefühl. Ileana sorgte dafür, dass das Kind immer etwas zum Knabbern hatte, es waren meistens Kekse, die es in dem Laden zu kaufen gab. Auf dem Rückweg nach Hause blies ihr der Wind ins Gesicht. Sie umhüllte das Kind in die kleine Wolldecke, die sie immer mit hatte, blieb für die Zeitlänge eines Gebetes vor dem Kirchentor stehen, beugte sich und sprach laut das „Vaterunser". Sie hoffte und betete zur Gottesmutter, sie fühlte sich in ihrer Not einsam und verlassen: alleine der Trost, den sie im Glauben suchte, konnte ihr Kraft geben, Kraft, die sie für ihr Kind brauchte und Kraft, nach ihrem Filoti zu suchen, Klarheit über das Geschehene zu schaffen. Der Himmel wurde ihr gnädig, sie kam noch bevor der Regen fiel nach Hause. Den restlichen Tag blieb sie verkrümmt in ihren eigenen Schmerzen in der kleinen Stube liegen. Die Füße wollten sie nicht mehr tragen, so weich waren ihre Knie: sie legte sich auf das braune Sofa, Filotis Platz. Sie hörte seinen Atem, sie griff nach ihm, sie merkte aber, dass sie in die Leere griff. Er war nicht da – verschwunden, einfach verschwunden, wie von

einem Erdloch verschluckt und niemand sagte ihr, wo er lag. Auf dem Tisch befand sich sein Glas, aus dem er immer Most trank. Auf einem Wandhaken hing von ihm ein Arbeitsgewand. Alles sah aus, als hätte er den Raum soeben verlassen.
Das Kind hatte Hunger. Ileana schälte einige Erdäpfel, schnitt sie in dicke Scheiben und legte sie in einen kleinen Kochtopf, holte von draußen ein paar Scheite Holz und schürte damit den Küchenherd. Die Herdplatte gab große Hitze ab, sodass die Erdäpfel nach kurzer Garzeit weich wurden. Dazu kamen einige Esslöffel Sauerrahm, zu einem Brei zusammen gemischt, damit fütterte sie den kleinen Stefan. Zum Trinken bekam er frische Milch oder Kamillentee. Danach schlief er ein.

Am nächsten Tag besserte sich das Wetter. Auch der Wind hatte sich gelegt. Die Landschaft rund um das kleine Dorf war mit einem grauen Schleier überzogen: an sich nichts Außergewöhnliches für die Jahreszeit. Noch am Vormittag, nachdem Ileana ihr Kind versorgte und ihn in den kleinen Kinderwagen legte, verließ sie Küche und Haus Richtung Dorfmitte. In einem kleinen Haus aus Lehm gebaut, mit blau gestrichenen Fenster und weißer Außenfassade mitten auf einem großen Grundstück, das rundherum mit Gemüse und Obstbäume beschmückt war, wohnte Tico, Filotis Arbeitskollege gemeinsam mit seiner Frau und seinen drei Kindern: zwei Mädchen und ein Junge. Von ihm erhoffte sie etwas zu erfahren, war er doch Stammgast in der Dorfkneipe. „Vielleicht ist ihm etwas aufgefallen", dachte sie, bevor Filoti hinausging. Ileana klammerte sich an jede noch so kleine Hoffnung. Sie ging auf das Haus zu, der Hund, der vor dem Haus an einer Laufleine angebunden war, fing laut zu bellen an. Catinca, Ticos Frau dachte sich zuerst nichts dabei. Der Hund bellte jedes Mal, wenn jemand beim Zaun vorbei ging. Sie arbeitete hinter dem Haus an ihren Gemüsebeeten. Die zwei älteren Kinder waren noch in der Schule. Das jüngste, das erst vier Jahre alt war, ein Mädchen, spielte in dem sandigen Boden. Als der Hund auch nach einigen Minuten nicht zu bellen aufhörte, ging sie um das Haus herum und schaute zu dem Eingangstor. Die zwei Frauen kannten sich gut. Doch sie pflegten keinen engen Kontakt zueinander. Viele Frauen im Dorf mieden Ileana sooft es ging, zumal sie ein uneheliches Kind hatte und als noch verheiratete Frau mit einem anderen Mann zusammen lebte. So etwas Sündhaftes, Unanständiges passte nicht in das moralische Bild des Dorfes. „Guten Tag", rief sie Catinca zu, „ich möchte dich etwas fragen", rief sie ihr weiter zu. „Was bringt dich zu mir auf dem holprigen Weg mit dem Kind?" „Seit Samstagabend fehlt von Filoti jede Spur. Ich weiß keinen Rat mehr, niemand kann mir sagen, was passiert ist. Er ist einfach verschwunden. Nun dachte ich, Tico könnte etwas beobachtet haben, muss nichts Schlechtes gewesen sein, vielleicht hat ihm Filoti etwas gesagt? Oder ist ihm etwas aufgefallen?" „Du kannst Fragen stellen – mein Mann kümmert sich nicht um die Angelegenheiten fremder Menschen. Hätte er etwas gewusst, hätte ich als Erste davon erfahren. Er erzählt mir doch alles, was er so erlebt. Über Filoti? Nein, hat er nichts gesagt. Sein Fehlen auf der Baustelle wurde zwar bekannt, doch dadurch, dass es wenig Arbeit gab, regte sich niemand auf. Es tut mir leid, aber wir können dir nicht weiter helfen." „Dank dir schön, Catinca!" Dann drehte sie sich um, den Kinderwagen nachziehend, mit schweren Schritten ging sie die mühsame Strecke nach Hause. Angstgefühle, Unruhe, Verzweiflung machten sich in ihrem Herzen breit. Ihr Sohn, der nichts von all dem, was geschah, verstand, holte sie von Zeit zu Zeit mit seinem kindlichen Lächeln aus ihrer Nachdenklichkeit.

In der Stube wurde es finster. Sie übersah die schleichende Dunkelheit der Nacht. Aus einem Behälter, der sich am Gang befand, füllte sie Petroleum in die Lampe ein und zündete die Schnur an. Das angenehme, wenn auch spärliche Licht, erhöhte die Gemütlichkeit des kleinen Zimmers, doch Ileana sah das nicht mehr. Mitten in der Nacht wälzte sie sich in ihrem Bett hin und her, der Schlaf hielt sich von ihr fern. Sie versuchte immer wieder einzuschlafen, doch der stürmische Wind, der durch die kleinen Ritzen der Fenster pfiff, ließ sie nicht zu Ruhe kommen. Ein Knall, der sich dumpf anhörte, hallte durchs Haus. Sie traute sich nicht, die Türe zu öffnen, hinaus zu schauen, was passiert war - sie hatte Angst, nahm ihr Kind in die Arme, klammerte sich fest an den kleinen Körper und stand mitten im Zimmer ohne sich zu rühren, starrte mit betenden Blicken in das Eck zur Jungfrau–Ikone, Trost erhoffend. Das Herz schlug wie wild, als wollte ihr die Brust zersprengen. Die Angst ließ nicht nach. Sie hatte Angst um ihr Kind, wenn ihm etwas zustoßen würde, würde sie dies nicht überleben. Im Zimmer herrschte noch immer das gedämpfte Licht. Sie wandte ihre Blicke zu der hölzernen Kommode, die an der Ostwand lag – oberhalb hing ein Bild: spielende Kinder unter einem blauen Himmel, auf die zwei Engel hinunter blickten. Das Bild hatte sie vor zwei Jahren am Kirtag in dem benachbarten Ort gekauft. Filoti ließ beim Tischler im Dorf einen aus Holz verzierten Rahmen anfertigen und seitdem schmückte das Bild die weiße Wand der Stube. Auf der gegenüberliegenden Seite des Zimmers befand sich das Bett, wo Filoti, das Kind und sie schliefen. Ein Nachtkästchen stand daneben: vier Schubladen hatte das schmale Möbelstück, das aus demselben dunklen Holz war wie das Bett. Obendrauf lag ein Buch. Der schwarze Umschlag mit einem wie Gold glänzendem Kreuz deutete darauf hin, dass es ein Heiliges Buch war: die Bibel oder ein Gebetsbuch. Sie las des Öfteren aus diesem Buch, meistens vor dem Schlafengehen. Sie bat Gott um seinen Schutz für sie und ihre kleine Familie.

Die Wanduhr zeigte nach Mitternacht an. Ileana lag im Bett, neben ihr das schlafende Kind. War sie wach? War sie im Traum? Plötzlich hörte sie eine leise Stimme an ihrem Fenster. Sie rührte sich nicht mehr, ja sogar ihr eigener Atem machte ihr Angst. Sie verstand die Worte dieser Stimme nicht. Einige Augenblicke später hörte sie ein leichtes Klopfen an das Fenster. Sie spürte, wie ihr die Kehle die Luft zum Atmen zuschnürte. „War es Filoti? Warum kam er nicht durch die Türe herein? Er hatte doch die Schlüssel?" Sie wollte schreien, doch sie konnte nicht. Sie wollte ihm entgegen laufen, doch sie war unbeweglich. Schweißgebadet stand sie plötzlich auf, mitten im Zimmer. Der herbstliche Wind heulte noch immer durch das verdorrte Laub, durch den länglichen Balkon vor dem Haus, durch die Ritze der Tür und des Fensters. Träumte sie?!! Die Müdigkeit schwächte ihren Körper, sie legte sich wieder auf das Bett. Ihr kam vor, als würde Filoti tot neben ihr liegen. Irgendwann siegte der Schlaf. Sie schlief zwei, drei Stunden.

Der nächste Tag verging in dem gleichen Trott wie in den anderen Tagen zuvor. Eins nach dem anderen – und von Filoti noch immer keine Spur. Sie hatte nicht einmal eine Vermisstenanzeige aufgegeben. Sie erwartete sich nichts davon. Der einzige Gendarm aus dem Nebendorf war ihr in keiner Weise eine Hilfe. An Samstag– und Sonntagabenden schaute er den regelmäßigen Raufereien des Dorfes zu, wie sie sich gegenseitig die besoffenen Gesichter einschlugen, wie sie mit blutenden Wunden am Boden lagen, nicht mehr fähig sich aufzurichten, mit Schweiß überströmten Gesichter und gläsernen Augen, als hätte ihre letzte Stunde geschlagen. Doch der Herr Gendarm, wie er im Dorf angesprochen wurde, trank in aller Ruhe seine Paar Viertel, die er von den Anwesenden gespendet bekam und beobachtete tatenlos das Spektakel. Seine Position als Respektperson nach dem Pfarrer und Lehrer hatte er zur Gänze verspielt. Seine Frau traute sich nur selten aus dem

Haus, da er ihr gegenüber ein grobes Benehmen hatte. In Gegenwart anderer fremder Menschen schnauzte er sie mit den Worten an: „Du hast das Denken nicht erfunden!", an. Viele Menschen aus dem Dorf fanden es beschämend, so über die eigene Frau zu reden und wunderten sich, dass sie es noch bei ihm aushielt.
Ileana fühlte sich von allem Leben verlassen. Mit dem Herrn Pfarrer wollte sie noch reden. Der alte Mann, der in dem benachbarten Dorf lebte, kam nur alle zwei Wochen nach Poiana. Zu dem Pfarrer hatte sie einigermaßen Vertrauen gefasst. Er würde ihr helfen und sei es nur mit einigen tröstenden Worten. Den ganzen Tag grübelte sie nach, sie fing sich zu fragen an, warum gerade ihr das passieren musste? Sie bat Gott immer wieder um Verzeihung, für all das, was sie verbotenerweise getan hatte, denn sie war mittlerweile der Meinung, dass doch eine schwere Sünde auf ihr lastete, die sie nun büßen musste.
Spät nach Mitternacht schlief sie ein. Sie beschloss am nächsten Tag in die sechs Kilometer entfernte Ortschaft zu gehen, mit dem Kind auf ihrem Rücken in einem Leinentuch wie in einer hängenden Matte liegend, den Pfarrer aufzusuchen. Sie konnte sonst keine seelische Ruhe finden. Die Leere in ihrem Zimmer schien ihr mit Totengeruch gefüllt zu sein, der ihr unerträglich geworden wurde. Sie schloss die Augen, jedoch die Dunkelheit machte ihr Angst. Sie wollte an nichts denken, dies fiel ihr jedoch schwer. Dann stand sie wieder auf, sah zu dem Herrgottswinkel hin, wandte den Kopf zum Ofen und schaute in die graue Asche, die noch etwas Wärme ausstrahlte. Die Beklommenheit, die sie bis in die Zehen spürte, verbreitete in ihrem Körper eine tiefe Erstarrung. Wie ferngesteuert ging sie zum Bett und versank wie ein schwerer Felsen lautlos weinend.

Das Tageslicht drang durch die schweren grauen Vorhänge mühsam in das Zimmer hinein. Stefan meldete sich

pünktlich um sechs Uhr in der Früh – er hatte Hunger. Die Mutterpflicht gab ihr genug Kraft, um aufstehen zu können. Sie wärmte die Milch auf, zerdrückte einige Biskuiten hinein und mit einem kleinen Kaffeelöffel fütterte sie ihr Kind. Sie hatte eine anstrengende Reise vor sich. Gleich nach dem Frühstück zog sie das Kind mit warmen Kleidern an, legte sich um ihre Schultern ein braunes Tuch um, das die Funktion hatte, das Kind festzuhalten und Gott vertrauend begab sie sich auf den Weg zu dem Pfarrer.
Mittlerweile erfuhr das ganze Dorf von Filotis Verschwinden. Und wie immer in solchen Situationen kursierten die bizarrsten Vermutungen. Der Dorftratsch kümmerte sie nicht. Sie wollte über Filoti Gewissheit erfahren, ob tot oder lebendig. Die vielversprechende Hoffnung, wie sie glaubte, löste sich in zwei Stunden im Nichts auf. Auch der weiße Mann, der ihr schon einmal geholfen hatte, war ratlos. Es schien so, als drohte Filotis Verschwinden als ein ungeklärter Kriminalfall, trotz unzähligen Spekulationen, die nichts als Nahrung für weitere Spekulationen gaben, zu werden. Als Mihai, nach Filotis Verschwinden nicht mehr so oft in die Kneipe ging, redeten die Männer hinter vorgehaltener Hand, vor ihren speckigen Schnapsgläser sitzend, fast nichts anderes, als ob Mihai doch etwas mit dem möglichen Verbrechen zu tun haben könnte. In dem verrauchten Zimmer des Mehrzwecksladens, dessen Bretterboden mit kleinen Löchern versehen war, ohne Aussicht erneuert zu werden, wurden Freundschaften gefestigt oder gekündigt, Streitereien produziert, die in wilde Raufereien endeten, schlussendlich bekam jeder Dorfbewohner – Mann oder Frau, alt oder jung – seinen Senf von den sogenannten „Dorfräten". Mihai gehörte nicht unbedingt dazu. Im Gegensatz zu den Anderen hatte er nur wenig Freizeit. In der Erntezeit half Aurel regelmäßig mit, ein ewiger Junggeselle, ob aus Überzeugung oder fehlendem Glück bei Frauen, was man nicht genau sagen konnte. Er lebte in

ärmlichen Verhältnissen, unweit von Mihais Bauernhof entfernt. Seine Eltern starben sehr früh. Schon als kleiner Bub half er beim Stall ausmisten und beim Heu machen auf den hügeligen Feldern. Am Abend bekam er seinen Tageslohn und ein kräftiges Abendessen. Er war zufrieden, man sah ihn jeden Tag schon in der Früh ungekämmt und unrasiert in dem Garten zwischen zwei Reihen Marillenbäumen hin und her gehend, wartend, ob jemand eine Arbeit für ihn hätte.

Es war am Heiligen Abend – ein kleiner Fichtenast in eine kleine Vase gesteckt, daneben ein Kerzenleuchter mit zwei brennenden Kerzen, in dem Ofen einen verführerisch duftenden Kürbisstrudel, auf dem schön gedecktem Tisch einige Äpfel, etwas Süßigkeiten und sie fühlte sich reichlich beschenkt. Stefan, der inzwischen zweieinhalb Jahre alt geworden war, wartete aufgeregt auf den Weihnachtsmann. Das Christkind kannten die Leute dort nicht. Plötzlich kam von draußen ein lautes Knarren, bis in die Stube hinein. Ileana rannte zum Fenster, zog die schweren Vorhänge zur Seite und sah in die Schwärze der Nacht. Die Dunkelheit konnte man mit der Hand greifen, so dicht umhüllte sie die Erde. Sie hörte kein Rascheln der laubleer gewordenen Bäume, kein Hundegebell, keine Stimme. Nach einer kleinen Weile vernahm sie Schritte, die vom Eingangtor zum Haus hinkamen. Sie lief zu der Eingangstüre, um sich zu vergewissern, dass zugesperrt war: ihr Herz stockte. Das laute Klopfen an der Türe ließ sie erschaudern. Ein Gefühl von Übelkeit setzte sich im Magen fest. Sie fragte Gott, was sie machen sollte, doch Gott gab ihr keine Antwort. Das Klopfen wiederholte sich und sie konnte eine Frauenstimme wahrnehmen, Aglaia: „Ileana mach auf! Ich bringe ein Geschenk für Stefan mit!" Für einen Augenblick hielt Ileana den Atem an, ihr Gesicht war unbeweglich.

„Warum kommt sie hier her? Was hat sie vor?" Ihr Gefühl war ein einziges Misstrauen – und doch: sie öffnete die Türe. Die alte Frau, ihre Schwiegermutter, etwas verunsichert, stand vor ihr mit einem geflochtenen Korb in der rechten Hand haltend und fragte: „Darf ich hinein? Ich möchte nicht, dass ihr an diesem Heiligen Abend alleine seid! Dem Kind habe ich etwas mitgebracht, er ist doch so etwas wie mein Enkelkind." Stefan kam ihr entgegen, ohne zu wissen, wer sie war. Doch das hielt ihn nicht davon ab, sie freundlich zu empfangen. Er zeigte ihr stolz sein Spielzeug, einen kaputten Wecker, nahm Aglaia an die Hand und führte sie in die Stube hinein. Ileana glaubte noch immer, es wäre alles nur ein Traum. Aglaia legte das Körberl auf das Bett und begann es auszupacken: eine selbstgestrickte Weste, allerlei Süßigkeiten und ein „Stehauf–Manderl" als Spielzeug, dass sie im Kirtag kaufte. Ileana wollte sich mit ihr unterhalten – doch worüber? Sie war diejenige, die Ileana aus dem Hof haben wollte, nun dieser Sinneswandel? Nur weil sie ein Kind hatte? Also erkannte sie, dass sie Ileana Unrecht tat und wollte alles wieder gut machen. Bevor sie sich verabschiedete, bot sie Ileana und ihrem Sohn ihre Hilfe an und ging durch die kaum zu sehenden Wege nach Hause. Sie sagte alles so gewandt, so glaubwürdig, dass jeder noch so misstrauischer Mensch ihr glauben musste. „War sie ein Dämon mit Engelsstimme?", dachte Ileana. Diese Vorstellung erzeugte in ihr eiserne Kälte. Sie brauchte Zeit, um in Ruhe zu überlegen, was sie von dieser Begegnung halten sollte. „Die Zeit wird für mich arbeiten", dachte Ileana. Sie hörte noch eine Weile durch den Hof die Schritte, das Knarren des metallenen Gartentores, dann fiel sie auf das breite Bett neben ihrem Sohn, schloss die Augen, der Kopf von tausend Gedanken eingesponnen und hoffte, irgendwann doch in Frieden einschlafen zu können. War sie jetzt nicht mehr alleine? Wie weit konnte sie ihrer Schwiegermutter Vertrauen schenken?

Zwei Tage später, am Stefanitag, zeigte sich der Winterhimmel versöhnlich. Die Sonne durchflutete ihre kleine Stube. Ileana beschloss einen Spaziergang mit ihrem Sohn zu machen, eine Stunde in der frischen, viel zu milden Luft für die Jahreszeit, würde ihr und dem Kleinen gut tun. Kaum draußen, musste Ileana feststellen, dass ihr Leben ein einziger Überraschungsprozess war. Von der anderen Seite des Weges, mit seinem braunen Lodenmantel bekleidet, kam ihr Mihai entgegen. Am Liebsten wollte sie flüchten, doch die Realität würde sie einholen, wenn auch die Panik, die sie verspürte, stärker war als die Vernunft. Die Herzschläge hatten trommelnde Stärke erreicht. Mit ihren inneren Hilferufen strapazierte sie die Geduld Gottes ziemlich unverschämt. Sie wusste momentan nicht, ob Mihai nur eine Schwäche ihrer Augen war oder war er es tatsächlich? Er wirkte fröhlich und gut gelaunt. Bei näherer Betrachtung erweckte er den Eindruck, als hätte er sich von einem inneren Druck befreit. Er stand vor ihr, sah den kleinen Stefan an, blickte wieder zu ihr und sagte: „Habt ihr etwas Bestimmtes vor? Kann ich mit euch gemeinsam den Weg gehen?" Dann holte er aus seiner Tasche ein buntes Papiersäckchen, dessen Inhalt darauf hindeutete, dass es Süßigkeiten waren, Süßigkeiten für Stefan. Beim Rascheln des Papiers begannen Stefans Augen zu glänzen: etwas zögernd nahm er das Geschenk an, betrachtete neugierig die bunte Verpackung, blickte sichtlich glücklich zu seiner Mutter hinauf, als wollte er etwas fragen, dann versuchte er mit seinen kleinen Fingern die rote Masche, die das Packerl dekorativ verzierte, zu öffnen. Mihai half ihm dabei. „Wir wollen einen Spaziergang machen. Aber nicht unbedingt mit dir. Der Dorftratsch würde ein unvorhergesehenes Ausmaß erreichen und das würde mich sehr belasten." Jetzt, wo sie alleine in ihrer Traurigkeit war, kam Mihai mit seinem Gewissen in Konflikt; Gewissensbisse zerrten an seinem Geist, die er überwinden musste, er wollte alles wieder gut machen, wenn Ileana nur einwilligen würde. Er schaute immer wieder das Kind an, das Kind, das seinen Namen trug und doch nicht sein Kind war. Kühne Gedanken blitzten durch seinen Kopf. „Filoti wird nicht mehr kommen. Ich kann mir vorstellen, dem kleinen Stefan ein leidenschaftlicher Vaterersatz zu werden." Er konnte sich vorstellen, ihn als Erbe seines Bauernhofes einzusetzen, ihn unter seine Obhut zu nehmen und ihm ein sorgenfreies Leben anzubieten. Wenn Ileana bloß einwilligen würde??!!!! Er drehte sich um und wollte den gleichen Weg alleine zurückgehen, als ihm Stefan seine kleine Hand entgegenstreckte, um Mihais Hand zu erreichen. Stumm, mit zitterndem Körper, willigte Ileana ein, ein Stück des Weges gemeinsam zu gehen. Mihai glaubte zu träumen, seine Phantasie überschlug sich, vor seinen Augen rollten die schönsten Bilder seines Lebens: er hatte Frau und Kind, ein erfülltes Dasein, er lebte nicht umsonst. Diese Vorstellungen waren so lebhaft reell, dass er sich weigerte, sein Leben so zu sehen, wie es war. Die Begegnung mit Stefan hatte in ihm seine tiefsten Vatergefühle wach gerüttelt. Als der Weg eine Kurve nach rechts machte, bat ihn Ileana zurückzugehen, denn sie wollte den Weg alleine fortsetzen. Mihai hob den Kleinen hoch, versprach ihm etwas Schönes zu kaufen, verabschiedete sich von Ileana mit den Worten: „Bis bald!" Und jeder ging in eine andere Richtung. Eine Woche verging, ein Tag dem anderen gleich. Ileana resignierte. Sie musste das weitere Leben alleine bewältigen. Mihai hatte tiefe Wunden in ihrer Seele hinterlassen, die mittlerweile vernarbten und so musste es bleiben.

Der viele Schnee, der im Jänner fiel, begrub fast zur Gänze das kleine Dorf. In einer einzigen Nacht fiel mehr Schnee, als in einem Monat. Die Menschen schaufelten sich mühsam schmale Pfade durch die Höfe, um wenigstens das Vieh im Stall versorgen zu können und Holz ins Haus zu tragen. Ileana, durchs Fenster blickend, staunte nicht schlecht, als sie die zwei kräftigen Pferde an den leichten Schlitten gespannt entdeckte, auf dem Schlittensessel Mihai stehend, der vor ihrem Tor anhielt. Er nahm die breite Schaufel, die er mitbrachte und schaufelte einen dreißig Meter langen schmalen Pfad bis zu Ileanas Eingangstüre. Auf dem Schlitten lag Brennholz, das er mitgebracht hatte und nun mit bloßen Händen in die kleine Hütte trug. Ileana, etwas verunsichert, stand vor der offenen Türe. Zaudernd fragte sie Mihai, warum er das tat? Sie konnte das gute Brennholz sowieso nicht bezahlten. Mihais gerade Körperhaltung, die etwas steif wirkte, schien ihr wie aus Holz geschnitten. „Der Winter hat erbarmungslos zugeschlagen. Ich möchte euch helfen, auch diese Zeit, die für dich schwer ist, gut zu überstehen. Ileana, der kleine Stefan ist ein lieber Bub, ich möchte dafür sorgen, dass es ihm gut geht, hoffend, dass du mir die Zeit, in der ich dir Unrecht getan habe, verzeihen kannst." Neugierig wie nur ein kleines Kind ist, nach seiner Mutter rufend, kam Stefan aus der kleinen Stube zu der Eingangstür, wo Mihai und Ileana nebeneinander standen. Stefan lief hemmungslos zu Mihai hin, dessen Arme sich ausbreiteten, um das Kind fangen zu können. Er sah die zwei großen Pferde, die ungeduldig vor dem Zaun warteten. „Willst du mit dem Schlitten fahren?" „Was für eine Frage! Welches Kind freut sich nicht über ein solch verlockendes Angebot?" Stefan vermisste seinen Vater oder eine männliche Person, doch er war zu klein, um verstehen zu können, was mit seinem Vater passierte. Die Begegnung mit Mihai hätte nicht willkommener sein können, doch Ileana fühlte sich von dieser Situation schwer belastet. Aus Höflichkeit lud sie ihn in die Stube hinein und machte ihm einen Glühmost. Einerseits wollte sie dem Kind die Freude, mit Mihai zu fahren, nicht entziehen, andererseits war sie stolz und wollte ihn spüren lassen, dass sie auch alleine zurecht kommen könnte. Wie auch immer: sie musste sich entscheiden. Während Mihai schluckweise seinen heißen

Glühmost trank, schien Ileana nach Worten zu suchen, die sie ihm sagen wollte. Mutig wollte sie ihm sagen, dass das Gefühl der Liebe, das sie für ihn einmal empfand, unwiederbringlich verloren gegangen war. Sie hätte aber auch sagen können, dass sie sich freuen würde, für Stefan einen Vaterersatz gefunden zu haben. Doch sie sagte beides nicht. Stefan wich Mihai nicht von der Seite, brachte der Mutter seine Kleider: für ihn stand fest – er wollte draußen mit Mihai mit dem Pferdeschlitten fahren. Sein großer Freund, Vater, Beschützer oder alles zusammen – das Kind war glücklich. Angesichts dieser emotionalen Situation blieb Ileana nichts anderes übrig, als nachzugeben. Mihais Gesicht entspannte sich, nahm das Kind auf seinen Arm und verabschiedete sich mit den Worten: „Wir kommen in zirka zwei Stunden wieder!", von Ileana. Ihr Kind war glücklich, alleine das stimmte sie schon zufrieden. Vor dem Fenster stehend winkte sie ihrem Sohn nach, bis sich die klingenden Glocken der Pferde in der Weite verloren, sie blickte noch immer nachdenklich in den verwitterten Lattenzaun des Gartens, während es draußen erneut zu schneien begann. Die Stille in ihrem Inneren glich der Stille des winterlichen Gartens. Das ganze Dorf lag eingebettet in der weißen, elegant anmutenden Schneedecke. Eine Amsel, nicht gerade erfreut über die Schneemenge, suchte in dem alten Apfelbaum nach verdorrten Früchten, um den Hunger zu stillen. Mihai fuhr mit dem Kind zum Bauernhof. Die „Oma", ahnend, dass ihr „Enkelkind" kommen würde, wartete mit frisch gebackenen Keksen.

Unaufdringlich, jedoch zielstrebig, baute Mihai die Verbindung zu „seinem Sohn" (als den er Stefan betrachtete) jeden Tag ein bisschen mehr auf. Nach wenigen Wochen festigte sich die Freundschaft so stark, dass Mihai diese erfreuliche Situation wie einen sicheren Sieg betrachtete. Es schien so, als hätte Ileana auch nichts mehr dagegen, ja im Gegenteil: sie gewöhnte sich an den

Gedanken: ihr Kind hätte nun eine Oma und einen Vater. Es war schon Anfang März, doch die Schneedecke hielt die Natur fest in der Hand. Diese Zeit nützte Mihai öfters, um mit Stefan Schlitten zu fahren oder er nahm ihn zur Stallarbeit mit. Anfangs erweckte sein Verhalten in der Dorfbevölkerung großes Staunen und Kopfschütteln. Doch mit der Zeit legte sich das, wie auch der Tratsch. Während Stefan bei Mihai war, beschäftigte sich Ileana mit Stricken, damit hielt sie die Hoffnung länger am Leben, mit ihrer Handarbeit, vor allem im Winter, genügend Geld zu verdienen. Obwohl ihr Mihai des Öfteren Geld anbot, blieb sie hart und wollte sich in keine Abhängigkeit begeben. Sie hatte Angst, ihm zu nahe zu kommen. Selbst dann, wenn sie manchmal den Wunsch hätte, mit ihm zu reden, verbarg sie ihre Gefühle. Irgendwann trat die Gewöhnung ein, die ihr eine gewisse Vertraulichkeit, in all dem, was Mihai machte, verschaffte. Als Mihai ihren Sohn nach Hause brachte, hörte sie seine lauten Schritte, sie dachte sich jedoch nichts dabei: nur ab und zu kam ihr in den Sinn, dass er der einzige Mensch war, der sie fragte, ob es ihr gut ginge, ob sie etwas benötige oder einfach nur ihre klagenden Worte über das Wetter anhörte. Das beruhigte sie: das Gefühl zu haben, er stehe zu ihr. Und doch, in den einsamen Nächten, als sie noch wach auf dem alten Sofa vor dem alten eisernen Ofen saß, in dem Eck, in dem noch immer Filotis Arbeitsanorak hängte, nahm sie seine Gerüche war: verletzte Gefühle tummelten sich in ihrem Kopf. Dann wiederum schob sie alles weg und legte sich schlafen.

Tage, Wochen, Jahre vergingen: Ileanas Leben bahnte sich in eine neue Richtung. Stefan, der mittlerweile fünfzehn Jahre alt war, verbrachte die meiste Zeit auf dem Bauernhof. Mihai gelang es, durch seine liebevolle und geduldige Art, das ganze Vertrauen des Buben zu gewinnen. Die Arbeit im Bauernhof reizte den Jungen, er half überall mit, ob in der Feld– oder Stallarbeit. Mihai richtete ihm sogar ein eigenes Zimmer ein, ein schönes Zimmer mit Nylonvorhängen am Fenster, ein Einzelbett vom Tischler angefertigt, ein kleiner Tisch und ein Sessel, wo er seine Schularbeiten machen konnte. Aglaia, die er „Großmutter" nannte, webte ihm einen schönen Wollteppich, der die Wand seines Zimmers wie ein Gobelin schmückte. Stefan war festes Mitglied der Familie. Ja, vielmehr: Mihai, sein „Ziehvater", wie er von allen Seiten angesehen wurde, wollte ihn, sobald er die Volljährigkeit erreichte, als Alleinerbe für seinen Bauernhof einsetzen.

Der Verlauf des Lebens zwischen Saatzeit, Heuzeit und Erntezeit, die sich alle Jahre in demselben Rhythmus wiederholte, prägte Stefans junges Leben. Es gab nichts, was er lieber tat, als zusammen mit seinem „Vater" zu arbeiten, zu essen, die Pferde am Abend nach der Arbeit zu bürsten, zu füttern und dies eben alles unter einem gemeinsamen Dach. Seine Mutter, die sich doch gelegentlich fragte, ob es richtig war, Stefan dort aufwachsen zu lassen und doch, im Grunde genommen, musste sie sich selbst eingestehen, dass es dem Kind gut ginge, ja eine bessere Zukunft konnte sie sich für den Sohn nicht vorstellen. Die unfreundlichen Gedanken, die gelegentlich auftauchten, wurden immer weniger. Sie schenkte ihnen keine Aufmerksamkeit und so gelang es ihr, sich davon zu befreien. Sie hätte Stefan so gerne über seinen Vater erzählt, wie stolz er auf seinen Sohn gewesen wäre, wie fleißig sein Vater arbeitete, um das Haus gemütlich einzurichten, vor allem sein Zimmer, doch sie fand es besser, nicht in dieser unerfreulichen Vergangenheit zu wühlen. Stefan konnte sich keinen besseren Vater als Mihai vorstellen. Warum sollte sie seine glückliche Seele mit unnötigen Erzählungen belasten? Denn mittlerweile hatte Stefan sehr wohl erfahren, dass Mihai nicht sein leiblicher Vater ist. Vielleicht würde er später einmal von selbst nach seinem leiblichen Vater fragen, dann würde sie leichter darüber reden können. An manchen Tagen, am Morgen, wenn sie ausgeschlafen war, neue Kraft in ihrem Körper spürte, ihr ein angenehmes Lebensgefühl neue Möglichkeiten andeutete, diese Tage waren mit Dankbarkeit erfüllte Tage. Dann sagte sie sich, dass alles gut war, so wie es war. Es ging ihr nicht schlecht. Mihai sorgte dafür, dass es ihr an Nichts fehlte: ob es Brennholz war, Maismehl, Weizenmehl, ob es manche Reparaturen im Haus oder am Zaun waren, alles erledigte er, so als wäre es sein Haus gewesen. An den Sonntagen, wie es für gottesfürchtige Leute gehörte, ging Ileana mit Aglaia in die Kirche. Nach dem Kirchengang bereiteten sie gemeinsam in der Bauernstube das Mittagessen zu. Ileana hatte inzwischen ein freundschaftliches Verhältnis sowohl zu ihrem Mann, als auch zu der Schwiegermutter, mehr war es nicht, auch wenn es noch so absurd klingt. Mihais Versuche, Ileana zurückzugewinnen, blieben ergebnislos. Insgeheim war sie Mihai für die Fürsorge zu ihrem Sohn dankbar.

Kurz vor seinem zwanzigsten Geburtstag bekam Stefan den Bauernhof übertragen, mit der Auflage, dass Mihai und seine betagte Mutter das Wohnrecht behalten sollten. Mihais Vater verstarb schon lange Zeit zuvor. Stefan erwies sich als tüchtiger Bauer, der respektvoll mit seinem Ziehvater, wie auch mit seiner Großmutter umging, während seine Mutter von Zeit zu Zeit mit Schuldgefühlen zu kämpfen hatte, mit denen sie nur schwer fertig werden konnte. Jene Samstagnacht, in der Filoti spurlos verschwand, bereiteten ihr auch noch nach vielen Jahren, Albträume. Es quälten sie grausame Gedanken über Filotis Verbleib.

Am Ende des Dorfes, auf den hohen Ufern des kleinen Flusses, die wie Mauern die eine Seite des Dorfes säumten, war so etwas wie ein Kinderspielplatz. Die Leute nannten ihn den „Scherbenplatz": häufig fanden Kinder Keramikreste, wenn sie in der Erde Löcher ausgruben, um ihre selbstgebastelten Zelte aufzustellen, doch niemand dachte sich etwas dabei. Der „Scherbenplatz" gehörte zum Dorf, genauso wie der Dorfladen mit seiner Dorfkneipe und die Schule, wo ein einziges Lehrerehepaar die vier Klassen zugleich unterrichtete – mehr war nicht im Dorf. Doch eines Tages, durch einen Zufall, bekam der „Scherbenplatz" den Stellenwert, den er eigentlich verdiente: mit einer Spitzeharke grub ein zwölfjähriger Junge mitten auf dem Platz Löcher, um zwei Pfosten für ein Fußballtor zu befestigen. Nachdem er etwa fünfzig Zentimeter in die Erde hinein grub, stieß der Junge auf einen Gegenstand, der sich beim Klopfen wie ein Stein anhörte. Aus reiner Neugierde, nicht ahnend, was sich in der Erde verbarg, begann er vorsichtig, das eigenartige Ding auszugraben. Andere Jungs kamen dazu und halfen mit. Nachdem sie zuerst das undefinierbare Objekt freilegten, stellte sich heraus, dass es ein leicht beschädigter Keramikkrug war, zumindest nannten sie so ihre Entdeckung. Vorsichtig trug der Junge den Krug zu seinen Eltern nach Hause. Es war an einem Sonntagvormittag. Der Vater lungerte im Schatten eines Maulbeerbaumes herum, als ihm sein Sohn den Krug zeigte. Mit einer Art lässiger Heiterkeit, denn er fühlte sich in seinen Tagträumen gestört, sagte er zu seinem Sohn: „Deine Mutter braucht keine Krüge mehr kaufen, der Scherbenplatz liefert das kostenlos." Und drehte sich um. Seine Mutter, die das Mittagessen in der Küche zubereitete, kam hinaus, ging dem Jungen einige Schritte entgegen und beim Anblick des Kruges, schüttelte sie zuerst den Kopf, dann fragte sie, was das sein sollte. „Ich habe das auf dem Scherbenplatz ausgegraben, vielleicht ist es etwas Besonderes." Einige Augenblicke lang wurde sie etwas nachdenklich: ob sie begriff, welche Bedeutung dieses Objekt hatte? Oder wollte sie ihr Kind nicht enttäuschen – das sei dahingestellt. Sie beschloss, den Krug in die Schule zu bringen, wo das Lehrerehepaar wohnte. Die Schule, die für so ein kleines Dorf verhältnismäßig groß war, hatte neben den zwei Unterrichtsklassen zusätzlich zwei Zimmer und ein kleines Kabinett, das als Küche umfunktioniert wurde. Die Lehrerin war eine hinreißende Frau. Sie trug ihre Schönheit stolz zur Schau: ihr faltenloses, rundes Gesicht, ihre glänzenden dunklen Augen, die einen angenehmen Kontrast zu ihrer Haut bildeten, ihre schwarzen, leicht gewellten Haare, die reichlich den halben Rücken bedeckten und nicht zuletzt: ihr zarter Körper – wäre sie nicht eine Frau aus Fleisch und Blut könnte man sagen, sie wäre ein Gemälde gewesen, an dessen Anblick man sich nicht satt sehen konnte: eine feine, vornehme Dame, die eigentlich in eine Großstadt besser passen würde als in das kleine Dorf. Ihr Mann, eine kräftige, große Erscheinung, mit sanftem Gemüt, allerseits beliebt für seine bescheidene Art und seine Höflichkeit. Gut zehn Jahre unterrichteten sie bereits in Poiana. Dann übersiedelten sie in die Heimat seiner Frau.

Wie gesagt, die Mutter des zwölfjährigen Jungen, unterbrach die Arbeit, nahm vorsichtig den leicht beschädigten Krug in die Hand und machte sich auf den Weg zu dem Lehrerehepaar. Der Lehrer Ursoi befand sich in dem großen Garten des Schulgebäudes. „Kommen Sie näher!", sagte sie, „ich möchte Ihnen etwas zeigen! Etwas, was mein Sohn beim Spielen auf dem Scherbenplatz fand!" Der Lehrer nahm den Krug in die Hand, betrachtete ihn einige Augenblicke interessiert, bedankte sich bei der Frau und versprach ihr, diesen Fund, der offensichtlich etwas Besonderes war, wie er bereits im ersten Moment feststellte, zu melden. Am nächsten Tag gelang ihm eine telefonische Verbindung zu dem archäologischen Museum des Landkreises herzustellen. Eine einzige Stelle im Dorf, es war so etwas wie ein Bürgermeisterbüro, hatte ein Telefon, das aber nur selten funktionierte. Doch ab und zu hatte man Glück. Der Lehrer verlangte mit dem Direktor zu reden, was auch geschah und es gelang ihm, durch seine genauen Angaben über die Fundstelle des Objektes, seine Neugierde zu erwecken. Einige Tage später kam eine ganze Gruppe aus der hundert Kilometer entfernten Landeshauptstadt Galati in das Dorf, um den vermutlichen archäologischen Platz genauer zu untersuchen. Und sie staunten nicht schlecht: Aufgrund der vielen Scherben, die auf dem Platz herumlagen und des ausgegrabenen Kruges, die von den Fachleuten als Hinweis auf eine Daken–Siedlung gedeutet wurden, planten sie eine umfassende Ausgrabungsarbeit, um die unterirdischen Geheimnisse des Ortes an das Tageslicht zu bringen. Nach zirka zwei Wochen kam erneut eine neue Delegation ins Dorf, geführt von dem Direktor des Historischen Museums von Galati. Sie benötigten Leute für die händische Arbeit, doch das ließ sich schnell organisieren. Für die Menschen dort bedeutete die Ausgrabung eine seltene, daher sehr willkommene Möglichkeit, etwas Geld zu verdienen. Auch einige Jugendliche meldeten sich für die Arbeit. Die Entlohnung erfolgte nach den geleisteten Arbeitsstunden, die zwar nicht berauschend war, jedoch diejenigen, die dort einige Monate arbeiten durften, schätzten sich glücklich. Man kann sagen, Poiana wurde über Nacht berühmt. Der Direktor des Historischen Museums, der die Aufgabe hatte, das Projekt zu koordinieren, war ein Mann über fünfzig, mit einer mittleren Statur, schwach platiniertem Haar, Augen, die einen scharfen, jedoch gütigen Blick hatten, mit einem warmen Lächeln und einem gemütlichen, jedoch sicherem Gang. Fünfundzwanzig Männer und Frauen erklärten sich bereit, für ihn zu arbeiten. Bereits in den ersten vier Tagen ihrer Arbeit, die ausschließlich händisch mit kleinen Harken durchgeführt wurde, schienen sich die hoffnungsvollen Erwartungen des archäologischen Leiters zu seiner großen Zufriedenheit zu entwickeln. Unzählige Scherben, ja sogar ganze Amphoren, kleine metallene Werkzeuge und einige Schmuckstücke kamen täglich zum Vorschein. Die Frauen erledigten die Feinarbeit. Jeder Fund, auch wenn noch so unscheinbar und unauffällig, wurde mit feinen Bürsten von der Erde gesäubert, dann wurde er dem Direktor zum Katalogisieren übergeben. Plötzlich, aus einem Eck des Areals, wo zwei junge Männer zirka einen Meter in die Tiefe der Erde gruben, drang ein gellender Schrei durch die still arbeitenden Menschen. „Ein Skelett liegt hier begraben! Die Knochen schauen schon heraus! Chef, kommen sie schnell! Ein Skelett liegt hier!" Ihre Knie wankten, sie fühlten sich von der Aufregung wie gelähmt. Sie standen da wie angewurzelt. Der feuchte, lehmige Boden roch seltsam nach faulendem Fleisch und abgestorbenen Pflanzenwurzeln. Die beiden jungen Männer betrachteten den grausigen Fund, ohne es begreifen zu können, welches Geheimnis sie ans Tageslicht gebracht hatten. Der Professor, der sich zirka hundert Meter von dieser Stelle entfernt befand, lief wie ein Wirbelsturm, hoffend, einen Sensationsfund gemacht zu haben, schnurgerade dorthin, stolperte zweimal über größere Steine, die auf dem Boden lagen, er fühlte, wie sich sein Haar vor Aufregung aufstellte, er stand in dieser Stätte, die wie ein Grab aussah und starrte wie gelähmt den menschlichen Schädel, der seitlich gedreht war, die leeren Augenhöhlen und einige gelb-braun gefärbten Zähne eines Untergebisses an. Ein Häufchen kahle Knochen, die daraufhin deuteten: hier lag ein Skelett einer männlichen Person. Der Professor wollte die Lippen bewegen, aber er brachte keinen Laut hervor. Noch wusste er nicht, wie der Fund einzuordnen war, dennoch war er zuversichtlich, ein Geheimnis, das unter der Erde lange Zeit begraben war, dem Boden abgetrotzt zu haben.

Die Sonne brannte auf die frisch ausgegrabene Erde und auf die Köpfe der Menschen mit einer unbarmherzigen Hitze. Zwischen Schauder und Zuversicht, nach Luft schnappend, betrachtete der Professor den schaurigen Fund näher: ihm, klar werdend, einen nüchternen Kopf zu bewahren. Der Stand der Sonne zeigte, dass die Hitze bald nachlassen würde, jedoch war es so, als würden an diesem

Tag die himmlischen Gesetze, die auch für die Sonne bestimmt waren, ihre Wirkung verlieren. Eine Vermutung jagte die andere. Professors Geist glühte im doppelten Sinn: unter der sommerlichen Hitze, sowie unter den vielen verwirrenden Gedanken, die er im Laufe der Stunden oder Tage, ja sogar Wochen klären musste. Noch immer auf das Häufchen der verdorrten Knochen blickend, merkte er nicht, wie ein Stück lehmiger Boden ihn langsam in den Abgrund riss, in das Grab, wo er liegen blieb, mit einer Hand auf dem ausgestreckten Arm des Skelettes, mit der anderen in die feucht muffig riechende Erde stützend.
Die zwei jungen Männer, die sich etwas abseits des Grabes befanden, kamen ihm zu Hilfe und richteten ihn auf. Man hatte den Eindruck, der Professor befände sich in Trance. „Wurde hier einmal gelebt oder war es ein Totenreich??!!" Nach und nach wich die Erstarrung von seinem Gesicht. Dann sprach er zu sich selbst: „Der fremde Tote möge schweigen. Jedoch solange mir Gott die Kraft und das Wissen gibt, das Geheimnis seines Sterbens zu enthüllen, solange braucht er keine Furcht zu haben." Alle Leute, die an der Ausgrabungsstelle beschäftigt waren, sammelten sich um den Professor herum und schauten ehrfürchtig des seltsame Gebilde eines zerfallenen Menschenkörpers an. Eine junge Frau, deren Gesicht durch den Schrecken verzerrt wurde, meinte leise: „Wofür würde sich der leblose Körper entscheiden? Austrocknen in der Sonne oder unter der Erde vermodern? In der Andachtsstille rund um das Grab glaubte man die Stimme des Toten zu vernehmen: „Die Gräber sind die Wohnstätte der Toten, ängstigt und fürchtet euch nicht!"

Zwei Studentinnen, die ihr Sommerpraktikum bei Professor Stanu tätigen mussten, legten auf Anweisung des Professors mit äußerster Vorsicht, in den Händen eine kleine Harke und eine weiche Bürste haltend, das Skelett auf der ganzen Länge frei. Die fachmännische Untersuchung führte der

Professor durch. Knochen für Knochen wurde unter die Lupe genommen: seitlich liegend, der Schädel an die Brust gebeugt, als würde er sich zum Schlafen hinlegen, die Rippen an den oberen Seite des Körpers konnte man zählen, zu Füßen lag mit Lehm verschmierte Gummischuhe. Auf der Rückseite des Körpers, auf Schulterhöhe, lag ein langes Messer, dessen verrostete Klinge in einem zur Gänze vermoderten Holzgriff befestigt war. Das Gesicht des Professors verdunkelte sich. Fast mürrisch blickte er einmal zum Skelett, dann wieder einmal in eine unbestimmte Leere. Stumm setzte er sich auf seinen Hocker vor seinem kleinen Tisch, wo er seine Daten auf einem Notizblock festhielt und fing an, einen Bericht über den Fund zu schreiben. Er atmete tief durch, presste die Lippen fest aufeinander, dann sagte er leise: „Die unerfüllten Hoffnungen schmecken bitter!" Er erhob sich, wandte seinen Blick zu den zwei Assistentinnen, die vor ihm standen und mit einer brüchigen Stimme sagte er: „Der Mann aus dem Grab ist kein historischer Fund, wie ich erhoffte. Nach meinen Untersuchungen dürfte er vor zirka fünfzehn bis zwanzig Jahre ermordet worden sein, dafür sprechen die Stiche auf seinem Rücken, die höchstwahrscheinlich bis ins Herz durchdrangen. Einer der Stiche wurde durch den Rücken mit der Absicht geführt, bis zu den Rippen in den Leib einzudringen und das zerfetzte ihm die halbe Brust." Etwas nachdenklich setzte er seine Rede fort: „Ob er hier an Ort und Stelle ermordet worden war oder hierher gebracht wurde und dann begraben, damit werden sich andere beschäftigen müssen." Der Professor verständigte den örtlichen Bürgermeister und das Lehrerehepaar. Entsetzen breitete sich im ganzen Dorf aus. Der einzige Gendarm aus dem benachbarten Dorf wurde verständigt.
Einige Stunden später erreichte die schaurige Nachricht das benachbarte Dorf. Alle Dorfbewohner kamen scharenweise zu dem Tatort: Mütter mit Kindern, Familienväter,

Mädchen und Burschen, alle wollten den Toten sehen, wollten wissen, wer der Tote war und ob dieses Verbrechen in ihrem Dorf geschehen war. In der Kneipe gab es oft genug Schlägereien unter den Betrunkenen, doch die Gewalt endete nie mit Totschlag. Alte Frauen, wie aufgerichtete Mumien, standen in ehrfürchtigem Abstand zu dem Toten, das Gesicht umhüllt in ihren schwarzen Kopftüchern, am Rande der gesammelten Menge, den Blick zum Himmel gerichtet, beteten sie leise unverständliche Worte. Durch das Kreuzsymbol, das sie immer wieder mit der rechten Hand andeuteten, schien es so, als wollten sie dem Gebet tiefere Kraft verleihen. Es waren traurige Gesichter, bewegte Gemüter, die sich schwer taten, das Verbrechen wahrzunehmen und schon gar nicht zu verstehen. In der Gruppe herrschte Gemurmel, Meinungsaustausch untereinander, doch niemand aus der Menge war in der Lage etwas Brauchbares über das Verbrechen zu sagen, das vermutlich von jemand aus dem Dorf ausgeübt worden war.
Ileana, die inzwischen eine reife Frau so um die fünfzig geworden war, eilte zu Mihais Bauernhof, um ihrem Sohn die Nachricht zu übermitteln. Doch er war auf dem Feld. So entschied sie, alleine zum Scherbenplatz, der überfüllt mit Menschen war, zu gehen.
Die Luft flirrte noch immer vor Hitze. Ileana schlängelte sich durch die dicht stehenden Menschen bis zum Grab hindurch, wo der Gendarm, der Lehre und der Professor beratend Meinungen austauschten. Plötzlich stand sie am Rande des Grabes und es wurde ihr vor Augen stockdunkel. Ihr Herz hörte für Augenblicke zu schlagen auf, dann pochte es rasend durch die Brustwand, sie zitterte am ganzen Leibe. In der heißen Luft schienen Dämonen zu hausen. In diesem Augenblick durchdrang ein entsetzliches Gebrüll durch die Menge wie ein Echo, bis zum Grab. „Ihr Gottgläubigen Menschen von Poiana, Männer und Frauen, es liegt zwanzig Jahre zurück, als ein fleißiger, gutherziger

und rechtschaffener Mann aus unserer Mitte verschwand. Sein Verschwinden ist noch immer ein Rätsel im Dunkel der Geschichte verborgen. Ungerechtigkeiten und Unwahrheiten drängen sich zum Licht – früher oder später. Auch die dunkelste Nacht muss dem Tag ausweichen!" Die Stille drohte die Köpfe der Menschen zu sprengen. Ileana beugte sich über den unteren Teil des Skelettes, berührte fast zärtlich die übereinanderliegenden Gummischuhe, die mit Lehm gefüllt waren und am Ende zweier langer Knochen lagen. Dann sah sie auf den rostigen Dolch, der auf einem Zeitungspapier neben dem Grab lag: ohne jegliche Gemütserregung stand sie nach einer kurzen Weile auf, wandte den Kopf zu dem Gendarm, dann zum Lehrer, anschließend zum Professor. Ihre Augen, die mit Tränen gefüllt waren, konnten nicht weinen. Die vermoderten Knochen vor ihr waren die Überreste ihres geliebten Filoti – für sie gab es keinen Zweifel mehr. Das verrostete Messer mit der extrem langen Klinge war einmal in dem Besitz ihres Mannes Mihai, das er für das Saustechen verwendete. Ihre Gedanken liefen durch den Kopf mit der Geschwindigkeit des Blitzes. Mihai, ein Mörder??!!??, so etwas konnte und wollte sie ihrem Sohn nicht sagen. Stefan gehörte zum Bauernhof wie das Amen im Gebet. Er kannte seinen leiblichen Vater nur vom Hörensagen, doch Mihai war da – er vermachte ihm den Bauernhof. Mihai wollte aller Welt zeigen, welch tüchtigen und feschen Sohn er hatte. Und nun sollte mit einem Male alles aus sein? Selbst wenn der Tote nach Gerechtigkeit schrie, würde er dadurch nicht lebendig. Immer noch am Rande des Grabes stehend, begann Ileana unruhig zu werden. Mit lauten Worten, als wollte sie sich von der Spannung, die ihr die Brust bedrückte befreien, sprach sie in die Menge: „Der Tote, der erbärmlich in der verdammten lehmigen Erde verkrümmt liegt, ist Filoti. Seine Arbeitsschuhe sind deutlich zu erkennen. Der Mörder allerdings vergaß seine Tatwaffe: ein Messer, das einmal Mihai gehörte. Für mich ist er der

Mörder, ich empfinde jedoch keinen Zorn mehr, urteilen soll Gott!" Kurzes Schweigen, kurz danach hob sich eine andere Stimme aus der Menge: „Ein Mörder darf nicht unbestraft bleiben!" Viele andere Stimmen, wie ein Refrain eines Liedes, riefen dieselben Worte. Der Gendarm stieg auf einen Sessel, um von der Menge besser gesehen zu werden und bat um Ruhe und Zurückhaltung: „Das Bezirksgericht in Zusammenarbeit mit dem Dorfgericht - dessen Urteilskraft schwerwiegender war als das des tatsächlichen Gerichts, wird nach Vernehmen der Zeugen das Urteil fällen." Die Aufregung wollte und wollte sich nicht legen. Wie ein Donnerwetter ging erneut ein Geschrei durch die Gruppe. Aurel, Mihais treu ergebener Knecht, der schon als Jugendlicher bei Mihai am Bauernhof mitarbeitete, bahnte sich mit den Ellbogen, links und rechts stoßend, den Weg frei, bishin zum Gendarm. „Mihai ist unschuldig. Ich habe Filoti umgebracht, eigenhändig mit Mihais Messer, Mihai ist unschuldig. Damals in der verdammten Samstagnacht habe ich stundenlang auf ihn im Maisfeld gelauert, dann, als er das Feld durchquerte, entlang des Scherbenplatzes, torkelnd, habe ich stumm mit der Kraft des gehetzten Tieres auf ihn einige Male eingestochen, während er vergeblich versuchte, weitere Messerangriffe mit bloßen Händen abzuwehren. Er fing an zu schreien, dann habe ich mit der Hand seinen Mund fest zugehalten, bis er keuchend zu Boden fiel. Als er nun wehrlos dalag, mit dem Tod ringend, habe ich erneut wahllos zugestochen, um seinen Todeskampf zu verkürzen. Ich stand einige Augenblicke wie versteinert vor seiner Leiche, beugte mich über ihn und drückte sanft mit meinem Finger seine Augen zu. Sein schmerzverzerrtes Gesicht entspannte sich. Mit einer Leinenschnur fesselte ich ihm die noch warmen Beine und schleifte ihn zirka zweihundert Meter am Ufer des Flusses bis zum Ende des Scherbenplatzes. Das Messer reinigte ich mit einem Grasbüschel und steckte es an meinen Hosenriemen. Noch reichten meine Kräfte, um mit dem Spaten, den ich am Rücken trug, die lehmige Erde tief genug auszuheben und übergab seinen entstellten Körper der Mutter Erde, um seinen Frieden für immer zu finden. Mit dem Messer schnitt ich die Schnur ab. Nun wusste ich, Mihais stummes Leiden würde ein Ende finden. Sein Bauernhof würde nun weiter bestehen durch Filotis Sohn. Ileanas Kind würde ein ganz besonderes Kind werden, über das das ganze Dorf reden würde."

Aurel schaufelte Filotis Grab zu, kämpfte mit den ungeweinten Tränen, die sich hinter seinen Augenhöhlen stauten, deckte die frische Erde mit trockenem Laub und frische Ästen zu und halb erleichtert, halb bedrückt, noch in der Dunkelheit der Nacht hoffend, Gott wird seine Tat nicht so streng verurteilen, verließ er den Scherbenplatz, wo einmal vor langer Zeit die Daken lebten, die eines Tages von den übermächtigen Römern vertrieben oder besetzt worden waren.

Nach einer Weile des Schweigens ging ein Raunen durch die versammelte Menge, die mittlerweile das ganze Dorf vereinte. Ileana, in aufrichtiger Haltung vor dem Grabe stehend, wischte sich mit bloßen Händen die Tränen vom Gesicht. Neben ihr Stefan, der fast unbemerkt durch die Menge zu seiner Mutter eilte. Er blickte zum Grab, beugte sich zu der frisch gegrabenen Erde, nahm eine Handvoll davon und mit der Stimme eines Weisen sagte er: „Die Mutter Erde hat uns einst das Leben geschenkt, zu ihr kehren wir zurück. Ich trage keine Rache in mir, keine Bitterkeit, das Urteil über den Tod meines Vaters überlasse ich euch." Währenddessen richtete er sich auf, überblickte die ratlose Menschenmenge und mit einer leichten Handbewegung bedeutete er seiner Mutter, dass es Zeit war, nach Hause zu gehen. In diesen Augenblicken wäre es viel einfacher gewesen, an Nichts zu denken, seine Arbeit fortzusetzen, alltägliche Verantwortungen zu tragen und abends hundsmüde in der Bauernstube friedlich den Tag passieren zu lassen, ohne Ängste mit sich zu tragen.

Der Gendarm und der Lehrer zogen sich für eine Weile von der Menge zurück, um sich über die Vorgehensweise dieses einmaligen Mordfalles zu beraten. Dann gab der Gendarm bekannt, dass dieses Verbrechen vielmehr eine Angelegenheit der Dorfansässigen sei und so sollten sie selber das Urteil fällen. Eine laute Bejahung schallte durch die Luft. Die zwei beschlossen, ein Laiengericht zu bilden, bestehend aus zehn freiwilligen, männlichen Personen.
„Wer sich dafür berufen fühlt, soll sich bei mir melden!", rief der Gendarm.
Seltsame Stille. Der Atem der Menschen berührte weich die zitternde Luft. Wieviel Tapferkeit brauchte man, um sich ein gerechtes Urteil in einem Mordfall abgeben zu trauen. Es war die dunkelste Stunde seit Menschengedenken im Dorf, alle zuckten die Achseln, richteten die Blicke zum Himmel hinauf, als warteten sie auf ein göttliches Zeichen. Anspannung durchriss die Menschen, die sich wie Schwalbennester geklebt aneinander drängten. Ein Greis, der schwere Zeiten mitgemacht hatte, etwas unsicher auf den Beinen, trat hervor. Er trug ein Hemd aus grobem Leinen, dessen Ärmel aufgekrempelt waren; seine Füße waren nackt, die Fersen mit kleinen Ritzen versehen; er lenkte seine Schritte zum Gendarm und sprach mit kraftloser Stimme: „Ich bin bereit, an dem Dorfgericht teil zu nehmen." Sein unrasiertes Gesicht verbarg die tiefen Furchen, die sein langes, schweres Leben hinterließ.
„Ich erachte meine Teilnahme insofern für wichtig, da ich mit meiner Erfahrung beitragen kann, das Urteil über die grausame Tat zu erleichtern." Andere Männer folgten ihm – junge und alte, sie redeten laut, zum Teil hastig: „Verflucht dieser Tag! Wir wollen schon morgen nach dem Sonnenuntergang hier an derselben Stelle unsere Meinung kundgeben. Das Dorf darf nicht länger unter dem Fluch

der Dämonen leiden." Die Menge ging auseinander, jeder in seine Richtung. Aurel, der vom Leben nichts mehr erwartete, betrat sein ärmliches, kleines Häuschen, das sich unweit Mihais Bauernhofes befand, glättete sorgfältig die braune Bettdecke in seinem Zimmer und legte sich auf den Rücken. Alles um ihn war kalt, leblos, gespenstisch, so wie seine Gedanken auch waren.

Plötzlich hellte sich sein Gesicht etwas auf: mit beiden Händen umklammerte er ein altes, abgegriffenes Kruzifix, das auf seinem schmutzigen Tisch lag, hielt es an seinem Leib fest, Gnade erwartend und murmelte einige Worte vor sich hin: „Der Bauernhof wird weiter bestehen, durch Filotis Tod. Mein von Sünden beladenes Leben nähert sich dem Ende zu – Gott erbarme dich meiner!"

Eine leere, öde Nacht begann. Die Mondstrahlen drangen durch das vorhangslose Fenster seines kargen Zimmers hinein. Er sah das Mondlicht nicht, seine Augen hielt er geschlossen. Doch der Schlaf kam nicht. Er vergrub sein verkrampftes Gesicht in den Händen. Zwischen seinen dicken, rauen Fingern liefen Tränen hindurch, er wusste selbst nicht, was er fühlte; er fürchtete sich nicht vor dem nächsten Tag. Die Stille seines Zimmers hallte durch die dicken Lehmwände seines Hauses, das ihm wie eine Ruine vorkam. Die Vollmondstrahlen blendeten noch immer seine verschlossenen Augen. Die Seitengasse, in der Aurel wohnte, wurde nur von wenigen Menschen betreten.

Jedoch am nächsten Tag, bevor sich die Sonne noch vor dem Untergang befand, füllte sich die ruhige Gasse mit Männern, darunter auch Mihai. Er wand sich wie eine Schlange durch die Menge, die bei seinem Anblick verstummte, ging zielgerichtet zu Aurels morscher Eingangstüre, die er mit einer sicheren Bewegung mit der rechten Hand öffnete. Aurel, noch immer liegend, mit verstärkten Blicken sah Mihai an, der ihm wie ein Gott erschien. Er richtete sich auf, lehnte sich an die Hauswand an, den Kopf hielt er nur mit Anstrengung aufrecht, er

fühlte sich wie in Ohnmacht, begreifend, wie schwer die Last der Vergangenheit auf ihn drückte.
„Lass uns gehen", flüsterte Aurel. „Ich helfe dir", erwiderte Mihai und schob seine Schulter unter seinen Arm. Gemeinsam schleppten sie sich durch den verstaubten Weg, die Ruhe bewahrend, ohne ein Wort zu sprechen, als wäre alles unwirklich gewesen, hin zum Scherbenpatz. Niemand hatte Zugang zu Aurels Gedanken, sofern er überhaupt denken konnte. Auf dem Scherbenplatz warteten geduldig die Leute. Dem Knoblauch-, Zwiebel- und Schnapsgestank der Versammelten konnte man nicht entgehen. Jeder drängte sich nach vorne, um in die ersten Reihen zu gelangen, wo man das Geschehen besser verfolgen konnte. Ein nie da gewesenes Ereignis, das irgendwie die Leute in diesen Sog mitriss. Die Frauen wurden von den Männern nach hinten verdrängt. Sogar Kinder und Jugendliche tummelten sich auf dem durch Hunderte von Füßen nieder getrampelten Boden – ihren Spielplatz, ohne den tatsächlichen Sinn der Versammlung zu begreifen.

Das Laiengericht wartete diszipliniert auf den Angeklagten, um den sogenannten „Prozess" beginnen zu können. Aurel, noch immer von Mihai gestützt, kämpfte sich mühsam durch die Menge, bis vor die Gerichtsbühne, wo er einen Holzsessel bekam. In der Menge war ein unterdrücktes Weinen der Frauen zu hören, um das sich niemand kümmerte. Es war eine große Menschenmasse und doch Hunderte von Einsamen, wartend auf das Ende des Urteils. Über den Abendhimmel zogen einige harmlose Wolken. Das wenige Wasser in dem kleinen Fluss daneben rauschte träge. Die Prügelnden standen gegenüber dem Geprügelten, der wie gelähmt abwesend in eine unendliche Leere sah. Die Laienrichter wirkten ratlos. Eine seltsame Stimmung erfasste jeden; sie fühlten sich von allen guten Geistern verlassen, sie waren verängstigt, wie ein Hund vor dem

Donnerwetter, sie zweifelten daran, ein gottgerechtes Urteil entscheiden zu können. Sie blickten in den grauen Abendhimmel, der sich wie ein unendliches Dach über die kleine Erde ausdehnte. Sie wagten nicht sich aufzurichten, dem Angeklagten Fragen zu stellen, aus Furcht ihnen könnte etwas zustoßen, dass etwas in ihnen zerbrechen könnte. Die Ehrfurcht vor Gott legte ihr Handeln lahm. Ihre Augen starrten in das bleiche Gesicht des Angeklagten, um Spuren der Reue zu finden, in seinen Augen Tränen zu entdecken, ob seine Lippen sich öffnen würden, um etwas zu sagen; ihre erwartenden Blicke blieben unbeachtet. Aurels unbewegliche Beine glichen einem tief eingewurzelten Baum.

Ileana und Stefan beschlossen, während des Prozesses zuhause zu bleiben. In ihrem Zimmer lehnte sich Ileana an die Wand, als wäre sie angenagelt, beide Hände vor das Gesicht haltend und schaute ihren gegenüberstehenden Sohn an, ohne ein Wort zu sagen. Ihr ganzer Körper zitterte. Stefan hob langsam den Kopf, sah zu seiner Mutter und mit gebrochener Stimme unterbrach er behutsam die gespenstische Stille: „Ich bin der größte Bauer und habe die fruchtbarsten Felder des Dorfes. Mihai erachte ich als meinen Vater. An meinen leiblichen Vater habe ich nicht einmal eine vage Erinnerung, das tut manchmal weh. Ich verabscheue die miese Tat des alten Mannes, trotzdem glaube ich an die tiefe Menschlichkeit und Barmherzigkeit der Dorfgemeinschaft, selbst dann, wenn das schwer zu verstehen scheint." Ileana blickt ihn zustimmend an. Das beruhigte ihn zusehends.

In der Stube auf dem kleinen Tisch in einem Keramikkrug, standen einige Chrysanthemen und vermittelten dem bescheiden eingerichteten Zimmer einen freundlichen Schimmer, daneben Filotis Bild, auf dessen glänzender Oberfläche sich das Licht einer flackernden Kerze spiegelte. Seit zwanzig Jahren steht sein Bild unverändert

auf derselben Stelle. Alleine der aus Holz fein geschnitzte Rahmen hatte sich etwas verdunkelt.
Stefan vernahm auf einer Gesichtshälfte seiner Mutter ein leichtes Lächeln, die andere Hälfte wirkte wie gestorben. Ihre Lippen bewegten sich; flüsternde Worte erreichten sein Ohr: „Du bist ein tapferer Junge, ich bin auf dich stolz, mein Sohn. Du hast Recht, warum sollte man sich mit Dingen quälen, die nicht mehr zu ändern sind? Der alte Mann, egal wie das Urteil ausfällt, wird diese Schandtat – jetzt, wenn jeder weiß, dass er der Mörder deines Vaters ist – nicht überstehen. Wir wollen für seine sündhafte Seele beten, Gott möge ihm in der schwersten Stunde seines Lebens beistehen." In ihren Worten fanden alle beide Trost.

Ileana öffnete das Fenster; von draußen drang Frische vermischt mit zartem Blumenduft in den Raum. Stefan lehnte sich zurück und schloss die Augen.

Auf dem Scherbenplatz fing es zu dämmern an. Einige Petroleumlaternen wurden angezündet. Der Gendarm, Lippen beißend, erhob sich aus seinem breiten Sessel und begann zu reden: „Ich habe nun lange genug überlegt", den Kopf den anderen zuwendend, „ihr auch". In diesem Augenblick waren Hunderte von Blicken auf ihn gerichtet, er dagegen sah voll aufrichtigem Mitleid zu dem alten Mann hin und wischte sich mit dem Unterarm des Hemdes den kalten Schweiß von der Stirn. Der Beklommenheit, die seine Brust zu sprengen drohte, versuchte er durch tiefes Atmen zu entkommen. Er befand sich nie in einer solchen Situation, in der er über Leben und Tod zu entscheiden hatte. Seine bisherigen Strafen beschränkten sich, je nach Fall des Vergehens, zwischen zwei, drei Tagen Arrest im Keller des Gemeindehauses oder auf eine Geldstrafe. Vor ihm, in einem sehr schlechten körperlichen Zustand saß mit abgehärtetem, verzerrten Gesicht, Aurel, dem Tod näher

als dem Leben. Der Gendarm bemühte sich Aurel einige Fragen zu stellen. Er befeuchtete die trockenen Lippen, räusperte sich laut und nachdem er ein paar Mal zum Reden ansetzte, brachte er die erste Frage heraus:
„Antworte vor der versammelten Dorfgemeinschaft – was hat dich zu dieser grausamen Tat verleitet?"
Grabesstille!!!!
Diese Frage hätte er auch an den Wind stellen können. Es kam keine Antwort. Aurels Lippen bewegten sich, aber er brachte kein Wort hervor, nur ein Murmeln, ein Raunen hob sich über die Köpfe der Menschen und unterbrach sanft die unnatürliche Stille, Filotis Gebeine lagen noch immer in dem großen Grab, als befänden sie sich in seiner Stube, auf dem braunen alten Sofa liegend. In dem dämmrigen Licht schien es so, als wären sie mit Leben angehaucht.
Die Laienrichter, unter der Führung des Gendarmen baten die Anwesenden um etwas Geduld. Sie wollten sich vor dem Bekanntgeben des Urteils noch einmal untereinander beraten.
Auf dem nächtlichen Himmel sammelten sich schwarze Regenwolken. Der Prozess näherte sich dem Ende zu. Mit gebrochener Stimme, als würde es ihn im Hals würgen, schritt der Gendarm nach vorne, um das Urteil zu verkünden: „Männer und Frauen dieses Ortes, durch die mörderische Tat dieses Mannes hat die Dorfgemeinschaft einen blutigen Schandfleck bekommen. Die Menschen hier sind arm, doch ehrenhaft und leben in Ehrfurcht vor Gott; einer davon scheint von Gott verlassen worden zu sein. Jetzt ist er ein gebrochener Mann; sein unseliges Leben hat auch ohne unser Urteil die angemessene Strafe bekommen." Jedes Wort abwägend, die Gruppe überblickend, bemüht, seine Zweifel selbst zu besiegen, sagte er: „Wir können uns nicht zu Göttern machen, über Gott und Leben entscheiden, zerreißt mich in tausend Stücke, wenn ihr wollt, ich selbst überlasse das Reich der Gerechtigkeit

dem Allmächtigen. Es ängstigt mich, diesen gebrochenen Mann in den Kerker einzusperren, wo gar nicht sicher ist, ob er den morgigen Tag überleben würde." Gemurmel herrschte unter den Versammelten, Meinungsaustausch und Achselzucken. Der Gendarm mit seinem kantigen Gesicht redete weiter unter dem verhexten nächtlichen Himmel: „Im Namen des Dorfgerichtes spreche ich den Knecht Aurel unter der Berücksichtigung seines schlimmen Gesundheitszustandes frei." Und fügte hinzu: „Gott soll ihm beistehen!" Dieses Urteil ließ für einige Augenblicke die Anwesenden verstummen. Aurel saß teilnahmslos auf seinem Sessel, von Mihai leicht gestützt. Er weinte nicht, er klagte nicht. Erneut Gemurmel in der Menge. Die Worte der Zustimmung vermischten sich mit den Worten der Ablehnung. Aurel stützte seinen Kopf in die Hände und sah vor sich hin, wartend bis die Menschen, jeder in eine andere Richtung, nach Hause gehend, sich in der Dunkelheit der Nacht verloren. Eine seltsame Ruhe erfasste den Scherbenplatz. Aurel erhob sich von Mihai gestützt und beide gingen den Weg entlang des Dorfes nach Hause. Sein Dasein verdiente kein Leben mehr. Alles erschien ihm sinn- und nutzlos zu sein, so waren seine Gedanken in dieser dunklen Stunde auf dem Weg ins Nirgendwo. Der Eingang seines Hauses, vielmehr einer Hütte, war durch hochgewachsene Gebüsche versteckt. Mihai half ihm ins Bett und ließ ihn alleine. Im Eck, auf einem kleinen Tisch lagen trockene Brotreste und ein Tonkrug mit Wasser gefüllt. Aurel richtete sich auf und trank, bis der Krug halbleer geworden war. In der Morgenstunde horchte er durch das kleine, offene Fenster hin zu Mihais Bauernhof. Ihm schmerzte der ganze Körper, er konnte nicht bei Mihai sein, seine wankenden Knie trugen ihn nicht aus dem Zimmer. Ein paar Schritte nur, doch an der Tür gab er auf, er fing an zu schreien, warf sich mit dem Kopf gegen die Wand; aus seinem Geschrei wurden Worte, zuerst der Verzweiflung, dann der Resignation. Er verfluchte den Tag;

er öffnete seine glanzlosen Augen, blickte durch das kleine Fenster zu dem sanften Hang und murmelte leise vor sich hin: „Was für ein stattliches Anwesen! Wie stolz sich die Felder in die Weite ausdehnten, wie fließend die Morgendämmerung in das Geäst des Eichenwaldes dringt!......"
Die Müdigkeit überwältigte ihn. Er sank schwerelos auf das Bett und blieb eine unbestimmte Zeit liegen; neben ihm seine eigene Leiche. Er war dem Himmel näher als der Erde. Der Greis gelang an das Ende seines Lebens. Durch seinen verschleierten Geist sah er noch einmal Filotis Bild schmerzverzerrt am Boden liegend, damals vor zwanzig Jahren. Die Menschen im Dorf haben ihm verziehen, mit Recht oder mit Unrecht. Doch das Urteil des göttlichen Gerichtes stand noch offen. Sein Leben hatte nur durch Mihais Bauernhof einen Wert, er war ein Knecht, ein zufriedener Knecht. Seine Freiheit fand er in der Arbeit, auf den in Gold erstrahlenden Weizenfeldern. Er füllte sich wie ein Teil dieser Fülle. In seiner Leere, in der er sich jetzt befand, fühlte er die Freiheit unerträglich. Er sah den Tod, wie er sich zu ihm langsam hin bewegte, zu langsam. Es war sehr still im Zimmer.

Ileana war müde. Sie saß neben ihrem Sohn, keiner stellte Fragen nach dem, was in der Vergangenheit war, es schien so, als gäbe es nichts mehr zu reden. Ileana unterbrach das Schweigen: „Weißt du noch", zu Stefan blickend, „wie du in diesem Raum mit einer alten Wanduhr gespielt hast?" Stefan sah sie befremdet an. Jeder hatte eine mit Wunden versehene Seele. „Heute sollst du früh schlafen, Mutter. Du siehst tatsächlich müde aus!"

Die Autorin und ihre Werke

Petruta Ritter, in Rumänien geboren, besuchte in ihrem Heimatort Jorasti die Volks- und anschließend die Hauptschule. Nach weiteren vier Jahren Lyceum machte sie drei Jahre lang eine Ausbildung zur ärztlichen Assistentin.
In diesem Beruf war sie eine Zeit lang tätig.
Durch ihre Heirat kam sie im Jahr 1976 nach Österreich. Da ihr Mann oft im Ausland tätig war,

reiste sie mit ihm und unterstützte ihn bei seinen jeweiligen Tätigkeiten.
Das Schreiben faszinierte sie immer schon, und bereits in frühester Jugend schrieb sie – ursprünglich nur in Rumänisch, später auch in Deutsch – ihre Eindrücke und Emotionen nieder.

Literarischer Werdegang:
Teilnahme an „Lyrik und Prosa unserer Zeit", Anthologie Band 15, Karin Fischer Verlag.
Teilnahme an „Winter Märchen haft", Winter-Anthologie Novum Pro Verlag.

Bisherige Veröffentlichungen:
„Licht und Schatten", 84 Seiten,
Neuautorenverlag,
Rothenburg

Durch ihre Gedichte versucht Petruta Ritter die vielschichtigen Stimmungen ihrer Seele - so gut sie vermag - in Worte zu fassen, ihnen eine geschmeidige Form zu geben und dann nach einem Feinschliff als Endresultat, in einem Gedicht festzuhalten. Als Gegenstand ihrer Inspiration dient die Natur mit ihrer vollendeten Schönheit, der besternte Himmel, der Mond - in all seinen Phasen - und der Wald. Jede Jahreszeit offenbart der Schreiberin neue Facetten als Grundlage für ihre künstlerische Kreativität. Und nicht zuletzt die Romantik ist ein Tummelplatz ihrer feinfaserigsten Gefühle; Liebe und Sehnsucht bewegende Emotionen, die sie zum Träumen anregen, ihr wohl aber auch Momente der Traurigkeit bescheren. Auch die Melancholie begleitet sie oft auf ihrem dichterischen Weg.

„Jasminblüte", 88 Seiten, Wagner-Verlag

Jasminblüte beschreibt eine wahre, ergreifende Geschichte in einem rumänischen Dorf um das Jahr 1960. Der bescheidene Bauernhof soll eines Tages ein Anwesen zum Herzeigen werden. Um dieses Ziel erreichen zu können, soll Ariclia, die hübsche Tochter der Familie, reich verheiratet werden. Doch ihre Eltern wissen nicht, dass sie ihr Herz bereits an den nicht standesgemäßen Grigore verschenkt hat. Unaufhaltsam nimmt eine unvorstellbare Familientragödie ihren Lauf ...

Mehr Informationen auf www.petrutaritter.at